Margarete Lenk

Im fernen Westen

Verlag
der Francke-Buchhandlung GmbH
Marburg an der Lahn

CIP-Kurztitelaufnahme der Deutschen Bibliothek

Lenk, Margarete
Im fernen Westen / Margarete Lenk. –
Marburg an der Lahn: Francke, 1987
(Edition C: H, Heimatlicht; 35)
ISBN 3 88224 538 7

NE: Edition C/H

3550 Marburg an der Lahn
Umschlaggestaltung: Gudrun Wagner
Gesamtherstellung: St.-Johannis-Druckerei C. Schweickhardt,
7630 Lahr-Dinglingen
Printed in Germany 23 123/1987

Edition C, Nr. H 35

Inhalt

1 Auf dem Meer

Es war ein düsterer, stürmischer Märzabend. Das große Auswandererschiff bahnte sich kräftig den Weg durch die wild brausenden Wellen des Atlantischen Ozeans. Nur selten ward es einen Augenblick vom Mondlicht bestrahlt, bald lagerte sich rings wieder dichte, unheimliche Finsternis. Nur unten in der großen Kajüte war es warm und hell; das hätte man durch die kleinen, runden Fenster sehen können, die wie Sterne in der Dunkelheit blinkten. Auf dem Verdeck war's still und öde; nur ein Knabe stand an die Reling gelehnt, bald hinausschauend in die jagenden Wolken, bald hinunter in das brausende, seltsam beleuchtete Wasser.

Er hatte so lange da gestanden, daß er vor Kälte zitterte, und doch mag er nicht hinuntergehen, denn ein wüster Lärm tönt von da herauf, Geschrei und Zank, wildes Gelächter und leichtfertige Lieder. Eine Schar Männer sitzt um den langen Tisch, nur mühsam sich auf den Bänken festhaltend und doch vertieft ins Kartenspiel. Der Sturm wird heftiger, hoch auf spritzen die Wellen, der Knabe muß sich festklammern, um nicht zu fallen, und endlich steigt er mit zögerndem Schritt die schmale Treppe hinunter ins Innere des Schiffs. Scheu drängt er sich durch die wilde Gesellschaft bis in den äußersten Winkel des großen Raumes. Ja, da ist eine Oase in der Wüste, da sitzen seine lieben Eltern still beisammen, die Mutter hält den kleinen dreijährigen Hans auf dem Schoß, das achtjährige Lenchen schmiegt sich zärtlich an den Vater.

»Ich wollte dich eben suchen, Martin«, sprach diese; »du darfst nicht so lange oben bleiben, es ist zu kalt und stürmisch. Laßt uns jetzt das Abendgebet halten, denn die Kleinen sind müde.«

»Wir wollen auch singen«, bat Lenchen, »nur ganz leise; der liebe Gott hört es doch.«

So singen die zarten Kinderstimmen ihr gewohntes Abendlied:

»Müde bin ich, geh' zur Ruh',
Schließe meine Äuglein zu.
Vater, laß die Augen dein
über meinem Bette sein!«

Und bald liegen die beiden friedlich schlummernd auf dem harten Lager, unbekümmert um das wilde Wetter draußen und den wüsten Lärm drinnen. Martin aber lehnt den blonden Lockenkopf an des Vaters Schulter und fragt:

»Darf ich dir wieder einmal eine Geschichte erzählen, Vater, wie sonst oft zu Hause? Ich habe oben eine sehr schöne erlebt.«

»Ei, was hast du denn erlebt, mein kleiner Denker? Du warst ja ganz allein da oben im Finstern.«

»Ja, siehst du, Vater, ich erlebte es in Gedanken! Als ich so lange in die schwarzen Wolken schaute, da hörte ich, wie die wilden Sturmgeister in der Luft um das Schiff herflatterten und einander zuriefen: ‚Hui, hui! Blast stärker, blast, was ihr könnt; dies Schiff ist unser! Hört ihr nicht den wilden Gesang da unten und die bösen, gottlosen Worte? Dies Schiff ist uns preisgegeben, wir dürfen es zerstören. Blast nur mit Macht, bis es zerbricht!'– Und unten in den brausenden Wellen, da hörte ich auch die Stimme der Meergeister: ‚Laßt uns den Reigen schlingen um dieses Schiff. Immer höher laßt uns brausen, immer kräftiger rütteln und stoßen, bis wir es hinunterziehen in unsere schwarze Tiefe; denn es ist unbeschützt, die Engel haben es verlassen!'– Und sie warfen den weißen Schaum in die Höhe, daß er mir ins Gesicht spritzte und ich hinuntergehen mußte. Aber als Hänschen und Lenchen sangen, da stiegen die leisen Töne durch all den Lärm hinauf zum lieben Gott, und er gebot den Engeln, daß sie das Schiff behüten sollten. Da kamen sie eilig geflogen, und das Wehen ihrer hellen Flügel zerstreute die Wolken und beruhigte die Wellen. Und nun komm, laß uns hinaussehen, ob meine Geschichte nicht war geworden ist. Merkst du nicht, daß der Sturm nachgelassen hat?«

Beide traten hinaus. Ja, wirklich, da strahlte der sternbesäte Himmel friedlich über ihnen, und die weißen Segel des Schiffes glänzten im Mondlicht wie Engelsflügel.

Martins Vater, Arnold Werner, war ein wohlhabender Gutsbesitzer gewesen, hatte aber durch Krieg, Mißernten und mancherlei Unglücksfälle den größten Teil seines Vermögens verloren. Mit dem Rest desselben zog er nun hinaus, um im fernen Westen ein Stück Land anzukaufen, das ihn und die Seinen ernähre, und das er einst seinen Kindern als sicheres Besitztum hinterlassen könne. Doch war sein Herz oft von schweren Sorgen erfüllt. Im Vaterland war er wohl ein tätiger Mann, seine Frau eine rüstige Hausmutter gewesen, aber Knechte und Mägde hatten doch allezeit willig die harte Arbeit verrichtet, und Tagelöhner waren stets zur Hand gewesen. Nun aber sollten sie allein, ganz allein, mit ihren zarten, nur an Spiel und leichte Handreichung gewöhnten Kindern sich eine neue Heimat gründen.

Schon die Reise war beschwerlich, denn das Wetter war rauh und das enge Zusammenleben im Schiffsraum besonders für die zarte, an Ordnung und Sauberkeit gewöhnte Frau eine große Plage. Die Kinder jedoch empfanden davon nichts, sie freuten sich der Veränderung und fanden täglich etwas Neues zu sehen und zu bewundern. Martin konnte stundenlang in die Ferne schauen und die brausenden Wellen beobachten, den Matrosen bei ihrer Arbeit zusehen oder beim Steuermann stehen und sich von ihm über den Lauf des Schiffes belehren lassen. Lenchen hatte schnell Freundschaft geschlossen mit einigen andern kleinen Mädchen. Sie fanden immer ein stilles Winkelchen in all dem Gewühl, wo sie den Korb aufstellen konnten, in dem ihre große Puppe mit ihren sämtlichen Kleidern die weite Reise mitmachte, und vergaßen im eifrigen Spiel das Heulen des Windes und das Brausen der Wogen. Am wohlsten aber fühlte sich der kleine Hans. Jetzt hatte ja die Mama gar nichts zu tun und konnte ihn stundenlang auf dem Schoß halten und ihm schöne Geschichten erzählen, wozu früher so selten Zeit gewesen war, und der Papa malte ihm die schönsten Pferde und Soldaten auf seine Tafel. Noch besser war's bei gutem Wetter, wenn er hinauf aufs Verdeck durfte. Alle hatten den lieben kleinen Blondkopf gern, der sich durch Artigkeit und saubere Kleidung vor seinen Mitreisenden auszeichnete, und niemand wehrte es ihm, wenn er sich bis auf das Verdeck wagte, wo sich die Kajütenpassagiere aufhielten. Dort ging er von einem zum andern, ließ sich liebkosen und ausfragen und kehrte meist mit Obst und Naschwerk beladen zu seinen Geschwistern zurück.

Endlich aber wurden auch die Kinder des einförmigen Lebens müde, besonders da sich heftiges Regenwetter einstellte, das den Aufenthalt im Freien unmöglich machte. Das waren lange, düstere Tage in dem niedrigen, mit lärmenden Menschen angefüllten Raum, und Frau Werner dachte mit Sehnsucht an die freundliche Heimat zurück, die sie verlassen mußte.

»Ach, lieber Mann«, sprach sie eines Tages, »mir ist der Mut recht gesunken. So düster wie in diesem Raum sieht es auch in meinem Herzen aus. Wenn wir nur recht getan haben, mit unsern Kindern in eine so ungewisse Zukunft zu ziehen. Wieviel Schlechtes und Häßliches haben sie schon hier auf dem Schiff gesehen und gehört, wovor wir sie zu Hause so ängstlich bewahrt haben! Werden wir sie auch gut erziehen können im fremden Land? Und werden wir Brot und Obdach für sie finden?«

Freundlich schlang Herr Werner seinen Arm um die zagende Frau und wollte ihr Trost zusprechen, da kam Martin, der sich hinausgewagt hatte, in freudigen Sprüngen die Schiffstreppe herunter.

»Vater, Mutter, o kommt doch schnell hinauf, es ist etwas ganz Wunderschönes zu sehen! Kommt, Lenchen und Hänschen, schnell, schnell, ehe es verschwindet!«

Sie stiegen herauf, und ein herrliches Bild zeigte sich ihren Blicken. Die Wolken waren zerrissen und die Sonne brach hervor, aber hoch über das Schiff wölbte sich ein prachtvoll strahlender Regenbogen, so voll und farbenreich, wie sie ihn noch nie gesehen. Seine beiden Enden reichten bis in die Wellen und spiegelten sich in dem grün schimmernden Wasser. Lange betrachteten sie still das herrliche Schauspiel, und als die Farben endlich verblaßten, schaute Herr Werner seiner Frau in die Augen und sprach:

»Ich brauche dich nicht mehr zu trösten; Gott selbst hat es getan, und ich weiß, du hast seine Sprache verstanden.«

Martin aber faßte die Mutter um den Hals und rief fröhlich: »Nun darfst du gar nicht mehr weinen, Mama. Das war das Friedenstor, durch das wir in das neue Land einfahren. Gewiß wird es dort sehr schön sein, und wir werden wieder sehr glücklich werden.«

Noch zwei sonnige, hoffnungsreiche Tage verlebten sie auf dem Schiff, dann lag der wunderschöne Hafen von New

York vor ihnen mit seinen Inseln, die schon anfingen im ersten Frühlingsgrün zu prangen, mit den zahllosen Schiffen und der Riesenstadt im Hintergrund, die ihnen wie eine ganze kleine Welt erschien. Etwas zagend und ängstlich, aber doch mit herzlichem Vertrauen auf Gottes Hilfe betraten sie endlich das Land, das von nun an ihre Heimat sein sollte, und hatten große Mühe, sich in dem unbeschreiblichen Gedränge und Gewühle, das nun entstand, einigermaßen zurechtzufinden, bis sie endlich in dem deutschen Gasthof anlangten, der ihnen als eine sichere Zuflucht empfohlen war.

2 Die Farm

In einer fruchtbaren Gegend im westlichen Missouri finden wir unsere Freunde wieder. Es ist Anfang Oktober, ein goldener, prachtvoller Herbsttag neigt sich zu Ende. Das freundliche Bretterhäuschen, das Werners jetzt bewohnen, ist nicht neu. Ein Franzose hatte es gebaut und einige Jahre den umliegenden Boden nachlässig bearbeitet; dann war er, der Einsamkeit müde, nach einer Stadt gezogen und hatte die Farm billig an Werner verkauft, der sich durch den schlechten Zustand der Felder und Gebäude nicht abschrecken ließ. Aber wie nett und sauber sah jetzt alles aus! Da mußten wohl fleißige Hände geschafft haben. Das Häuschen war weiß angestrichen und nahm sich mit den grünen Fensterläden und der breiten, lustigen Veranda, auf der man im Sommer gern alle häuslichen Geschäfte verrichtete, gar freundlich aus Der große Hof war zur Hälfte teils vom Haus, teils von Scheunen und niedrigen Stallgebäuden begrenzt, im übrigen aber offen, ohne Zaun oder Mauer, und gewährte freien Ausblick auf grünes Weideland und abgeerntete Weizenfelder, hinter denen der dichte Laubwald einen Rahmen um das freundliche Gemälde zog. Mitten im Hof stand ein Ziehbrunnen, von einem großen Apfelbaum beschattet, dessen Äste sich unter der Last der reifenden Früchte zur Erde niederbeugten. Hinter dem Haus befand sich auf einer Seite der große Obstgarten, auf der andern ein wohlgepflegtes Gemüsegärtchen, dessen Beete mit schmalen Blumenrabatten eingefaßt waren, die jetzt noch im Schmuck der heimischen Astern und Georginen prangten.

Eben deckt Lenchen auf der Veranda den Tisch zum Abendbrot. Sie hat viel Arbeit, denn sie muß zugleich auf all das Zischen und Prasseln achten, das aus der offenen Rükkentür tönt; sie darf ja den Kaffee und die Milch nicht überkochen lassen und muß fleißig die duftenden Maiskuchen umwenden, daß sie auf der heißen Platte nicht verbrennen. Das Kind ist in dem halben Jahr sehr gewachsen, die blonden Locken sind in Zöpfe geflochten, und das sorglose Kindergesichtchen hat einen ernsteren Ausdruck bekommen. Sie ist aber auch eine wichtige Person. Denn wie sollte die Mutter ohne ihre kleine Magd, wie sie sie oft scherzend nennt, wohl durchkommen? Ihre zarten Händchen sind rot und hart geworden, denn sie muß täglich den Ofen besorgen, Frühstück und Abendessen bereiten, das Geschirr waschen und am Sonnabend tüchtig beim Putzen und Scheuern helfen. Aber jetzt ist sie fertig und blickt noch einmal befriedigt über ihren Tisch. Dann läßt sie lustig ein Glöckchen erklingen, das an einem Ast des Apfelbaums befestigt ist und die Familie zur Mahlzeit ruft. »Bis sie kommen«, denkt Lenchen, »könnte ich meine Wally ein bißchen nehmen; ich habe sie so lange nicht gesehen.« Ja, Lenchen ist doch ein Kind geblieben! Denn da bringt sie die liebe deutsche Puppe heraus, der die Reise gar nichts geschadet, die auch trotz der amerikanischen Sonnenglut ihre weiße Haut und die strahlend roten Bäckchen behalten hat, und setzt sich, sie zärtlich an sich drükkend, auf die Stufen der Veranda.

»Lene, Lene, komm und hilf uns tragen«, tönt ein helles Stimmchen aus dem Obstgarten. Da kommt Hänschen gesprungen, kräftig und gebräunt, beladen mit der großen Wäscheleine und dem Säckchen voll Klammern; hinter ihm langsam, mit müden Schritten, die liebe Mutter mit einem großen Korb trockener Wäsche. Während ihr Lenchen eilig zu Hilfe springt, hört man von der andern Seite munteres Bellen. Fido, der treue Hofhund, eilt seinen beiden Herren entgegen, die von der Feldarbeit heimkommen. Es ist die Zeit der Maisernte, und Martin hat dem Vater fleißig geholfen, diese für Menschen und Vieh so wertvolle Frucht einzusammeln. Bald sitzen alle fröhlich beisammen und tun der Mahlzeit alle Ehre an, zur Freude der lieben kleinen Köchin, die manches Lob erntet.

»Vater«, hob Martin schüchtern an, »was haben wir dann noch zu tun, ehe der Winter kommt, wenn wir mit dem Mais fertig sind?«

»Dann kommt die Kartoffelernte; da müssen wir alle, auch Mama und Lenchen, mehrere Tage aufs Feld fahren und Kartoffeln ausnehmen. Wir nehmen dann das Essen für den ganzen Tag mit hinaus, auch ein Fäßchen mit Wasser. Dann zünden wir mittags ein Feuer an, kochen Kaffee und braten Kartoffeln. Wird das nicht schön werden?«

»Ja, das ist wohl schön«, antwortete Martin. »Aber wenn das vorbei ist, dann darf ich wohl in die Schule gehen?«

»Ach, liebes Kind, mach' mir doch das Herz nicht schwer! Ich ließe dich ja so gern gehen, aber für diesen Winter wirst du noch darauf verzichten müssen. Bedenke doch, wir müssen ja pflügen und den Winterweizen säen. Dann wird es Zeit sein, die Schweine zu schlachten und das Fleisch für den Winter zurechtzumachen. Und selbst dann können wir nicht ruhen, sondern müssen fleißig Bäume umhauen und Holz spalten, denn unser Vorrat wird schon recht knapp. Auch wird es eine große Menge Äpfel geben, die ihr Kinder schälen und zum Trocknen aufreihen müßtet.«

»Aber dann, Papa, nach Weihnachten vielleicht, wenn das alles fertig ist?«

»Sorge nicht für die Zukunft, mein Sohn«, sagte der Vater ernst. »Du weißt, ich halte dich keinen Tag länger vom Lernen ab, als unbedingt nötig ist, verspreche dir auch, an dem

Winterabenden fleißig mit dir zu studieren. Lerne du nur für jetzt Ausdauer, Geduld und Selbstüberwindung, und laß Gott für die Zukunft sorgen.«

Martin schwieg und zerdrückte still eine Träne. Lernen, ach lernen, das war von jeher eine Lust gewesen, Bücher seine liebsten Freunde, lesen und nachdenken seine beste Erholung! Aber er war ein frommes Kind und sah wohl ein, daß es jetzt Gottes Wille sei, dem allem zu entsagen. Darum war er eifrig und fröhlich bei der ungewohnten Arbeit und ersetzte dem Vater einen Knecht, den dieser wohl brauchen, aber nicht bezahlen konnte. Erst nach längerer Zeit konnte Herr Werner hoffen, wieder einiges Vermögen zu erwerben durch den Verkauf der Feldfrüchte und des jungen Viehs.

Bald kamen die versprochenen Kartoffeltage, wie sie die Kinder nannten. Mit Sonnenaufgang spannte Martin die zwei frischen Gäule Jack und Jim vor den großen Wagen, und die ganze Familie fuhr nach den vom Hause ziemlich ferngelegenen Kartoffelfeldern, den treuen Fido mit strenger Weisung als Wächter zurücklassend. Wohl kamen sie des Abends recht müde zurück, Hänschen meist in des Vaters Armen schlafend, aber dafür füllte sich auch der Keller mit der nahrhaften Winterfrucht. Und schon mehrmals war der Vater mit einem vollen Wagen davon in die zehn Meilen entfernte Stadt gefahren und hatte vom Erlös vielerlei mitgebracht, was im Haus noch fehlte.

»Heute ist der letzte Kartoffeltag, Mama«, sagte Lenchen eines Morgens. »Ich bin froh für dich, du siehst so müde aus. Dann mußt du recht ausruhen und mich die Wirtschaft besorgen lassen; Hänschen kann mir ja schon helfen.«

»Ja, ich helfe viel!« versicherte der Kleine. »Ich kann Holz tragen und Eier suchen und Hühner füttern. Ich kann auch Tassen und Teller abtrocknen; nicht wahr, Lene?«

»Freilich, und auch Tassen hinwerfen und zerbrechen; nicht wahr, Hänschen?« wandte die Mutter lächelnd ein.

»O nein! Ich bin jetzt groß, ich bin ja nun vier Jahre alt; da bin ich ganz klug und mache nichts mehr entzwei.«

»Ihr seid meine lieben fleißigen Kinder«, sagte die Mutter freundlich. »Es ist wahr, ich bin müde und bedarf etwas Ruhe. Ich werde den Vater bitten, wenn er das nächste Mal in die Stadt fährt, unterwegs bei Frau Miller vorzusprechen. Vielleicht erlaubt sie, daß Lissy mir einige Tage hilft; ich werde die Wäsche diesmal kaum allein fertig bringen. Aber kommt nun, Kinder, der Wagen ist bereit; Vater und Martin warten schon auf uns.«

Noch wenige Minuten, und alles war still auf der Farm. Im Gras weideten friedlich die sechs blanken Kühe, unter den Apfelbäumen taten sich mehrere Schweine gütlich an der Menge der herabgefallenen Früchte, und das zahlreiche Hühnervolk hatte sich schon mit Sonnenaufgang über das nächste Stoppelfeld zerstreut. Nur Fido wich nicht aus der Nähe des Hauses, denn er wußte wohl, daß ihm alles anvertraut war. Mit klugen Augen und gespitzten Ohren machte er langsam die Runde, guckte in die Stalltüren, jagte zuweilen ein vorwitziges Huhn aus dem Gemüsegarten und streckte sich zuletzt dicht vor die Küchentür zu wohlverdienter Ruhe nieder, fest entschlossen, keinen Augenblick zu schlafen. Aber die Sonne schien so warm, alles war so still, und es war so langweilig ohne seinen steten Spielgefährten, den kleinen Hans. So konnte es geschehen, daß der sonst so treue Wächter zuletzt fest einschlief und nicht bemerkte, daß ein leiser, langsamer Schritt dem Haus näher und näher kam und endlich ein bleicher junger Mann auf den Hof trat in rauher Jägertracht, eine kurze Flinte über der Schulter und eine lederne Reisetasche auf dem Rücken. Aber wie krank und elend sah der Arme aus! Mühsam schleppte er sich zum Brunnen, ergriff den dort hängenden Becher und versuchte aus dem gefüllten Eimer zu schöpfen. Da versagten ihm plötzlich die Kräfte, und mit einem schweren Seufzer sank er auf den Boden nieder.

Jetzt fuhr Fido erschreckt in die Höhe und stürzte mit wildem Gebell auf den Fremden los. Doch plötzlich stand er still; denn er merkte wohl, daß er es mit keinem Feind zu tun hatte, sondern daß hier Hilfe not tat. Aber was sollte er tun? Er beschnupperte die regungslose Gestalt, zupfte an den Kleidern und leckte das bleiche Gesicht und die kalten Hände. Endlich aber jagte er in großen Sprüngen zum Hof hinaus durch den Grasgarten dem Wald zu. Eine halbe Stunde verging, und nur ein schwaches Stöhnen verriet von Zeit zu Zeit, daß es kein Toter war, der dort am Brunnen lag.

Endlich kam Fido atemlos zurückgesprungen, nicht weit hinter ihm Herr Werner und Martin. Das kluge Tier war aufs Feld hinausgelaufen und hatte nicht nachgelassen mit Bellen, Zerren und Hinunterlaufen, bis man es verstand und ihm nachfolgte. Bald gelang es, den Ohnmächtigen zum Bewußtsein zurückzurufen; er versuchte zu sprechen, konnte aber nur wenige Worte hervorbringen:

»Erbarmt euch mein um Gottes willen; ich bin sehr krank! Ich bin kein Landläufer; seht in meiner Tasche nach.«

Vorsichtig und sanft trugen Vater und Sohn den armen Jüngling ins Haus und brachten ihn in Martins Kämmerchen zu Bett, wo er bald abwechselnd von Fieberschauern geschüttelt und von glühender Hitze überfallen wurde. Bald aber tat die gute Arznei, die ihm der Vater aus der Hausapotheke reichte, ihre Wirkung, und als Martin den Wagen mit Mutter und Geschwistern heimgeholt hatte, lag der fremde Gast in etwas ruhigerem Schlummer.

Nun erst öffnete der Vater die Tasche; sie enthielt neben einiger Wäsche und einem netten Sonntagsanzug eine kleine Bibel und eine Brieftasche mit allerhand Papieren, aus denen hervorging, daß der Fremde Ernst Kuntze hieß und vor vier Jahren aus Norddeutschland ausgewandert war. Auch ein ziemlich schwerer Geldbeutel fand sich, den Herr Werner sogleich ungeöffnet in seinem Schrank aufbewahrte.

Hänschen, dem man den Zutritt zu dem Kranken verwehrt hatte, trieb sich indes im Obstgarten umher, seinen Hunger an Äpfeln stillend, da es heute mit dem Abendbrot gar so lange dauerte. Jetzt kam er in großen Sprüngen herangestürmt;

»Vater, Mutter, kommt schnell und seht, was da ist! Ein wunderschönes Pferdchen ist im Garten angebunden. Das schickt uns gewiß das Christkindchen, daß Martin in die Schule reiten soll.«

Alle liefen hinaus, und wirklich, da stand am äußersten Ende des Obstgartens ein schmuckes braunes Pony angebunden, offenbar recht müde und durstig, unruhig an der Leine zerrend und den Grasboden stampfend. Martin löste es sorgfältig ab und führte es auf den Hof, wo es am Brunnen seinen Durst reichlich stillte, sich geduldig den Sattel abnehmen und in den Stall bringen ließ. Die Kinder umstanden es mit Entzücken, während es der Vater vom Staub reinigte und mit Futter versorgte. O, wenn sie so ein Pferdchen hätten, wie wollten sie es pflegen und liebkosen! Wie leicht würden ihnen dann die weiten Wege werden, die sie jetzt zu Fuß machen mußten! Das hübsche Tierchen war ganz braun, nur vorn an der Stirn und einem Vorderfuß hatte es weiße Flekken. Der Kopf war etwas groß im Verhältnis zum Körper, und die Mähne nicht so glatt wie bei andern Pferden, aber der Vater sagte, daß diese kleinen Ponys an Kraft und Ausdauer oft die großen Pferde noch überträfen. An einer Ecke des Sattels waren mit dem Messer die Buchstaben E. K. eingeschnitten. So war das Tier also das Eigentum des Kranken, der es nur draußen gelassen hatte, um erst im Hause Hilfe zu suchen.

»Nun, liebe Frau«, sagte Herr Werner, »ich denke, wir behalten beide, den jungen Mann und das hübsche Pferdchen, so lange bei uns, bis sie gesund und kräftig weiterziehen können. Das Gesicht des Jünglings gefällt mir sehr; es ist offenbar kein roher Mensch, und die Bibel im Reisesack spricht auch zu seinen Gunsten. Aber Hilfe mußt du haben, wenn du einen Kranken zu pflegen hast; du siehst selbst krank und müde aus. Darum soll Martin gleich morgen früh zu Millers laufen und Lissy auf einige Zeit herholen. Das Mädchen ist fleißig und willig und kommt nur zu gern zu dir, wo sie's besser hat als zu Hause. Nun wollen wir eilen, daß du bald zur Ruhe kommst. Ich darf den Kranken nicht verlassen, darum wollen wir für mich einen Strohsack neben sein Bett auf die Erde legen.«

3 Die Nachbarn

Am andern Morgen machte sich Martin zeitig auf den Weg, um seinen Auftrag bei Millers auszurichten. Er müßte kein Knabe gewesen sein, wenn er nicht lieber in der Morgenfrische durch Feld und Wald gelaufen wäre, statt langsam hinter dem Pflug herzugehen oder mühselig im Garten zu hacken und zu jäten. So sprang er denn leichtfüßig dahin, ein Liedchen nach dem andern in die klare Luft hinaussingend.

»Hallo, *green Dutschmann*! (Grüner Deutscher; eigentlich Holländer.) Wohin so eilig?« rief plötzlich eine helle Stimme hinter ihm.

Ein munteres Pferdchen trabte heran, das einen hübschen Jungen in Martins Alter trug. Zierlich und straff saß der kleine Reiter, mit einem feinen grünen Jagdanzug bekleidet, einen breiten weißen Strohhut auf dem dunkeln Haar, im Gürtel ein Jagdmesser mit schön geschnitztem Griff, auf der Schulter eine kurze Flinte. So stach er freilich vorteilhaft ab gegen Martins blaue Bluse und seine alten, im Kartoffelfeld recht abgenützten Höschen. Dieser aber tat, als hätte er den Zuruf gar nicht gehört, sondern ging ruhig weiter.

»Na, Martin, so steh' doch! Ich bin's ja, Georg Braun; kennst du mich nicht mehr?«

Zugleich kam in munteren Sprüngen ein schöner Jagdhund herbeigeeilt und begrüßte Martin in seiner Weise auf das Zärtlichste.

»Guten Morgen, Georg! Ich wußte nicht, daß du mich meintest mit dem höflichen Zuruf vorhin.«

»Nun, nimm's nur nicht übel, alter Junge! Wo willst du denn so zeitig hin?«

»Nach Millers Farm; ich wollte Lissy zu Hilfe holen. Mutter ist nicht wohl, und wir haben einen kranken Wandersmann aufgenommen.«

»Das paßt ja gut! Ich reite auch nach dem Busch hinter Millers; da gibt's allerhand Getier, Eichhörnchen und Häschen, und um den Teich her köstliche Wasserhühner. Steig' hinten aufs Pferd, du kannst mitreiten.«

Geschickt schwang sich Martin in den Sattel, der Raum genug bot für die zwei schlanken Jungen, und das Pferdchen setzt sich in munteren Trab.

»Warum besuchst du mich nur gar nicht?« hub Georg an. »Erst zweimal warst du bei mir, und ich bin immer so allein. Ich mag dich so gern, viel lieber als all die dickköpfigen Farmerjungen ringsum. Ich habe ein neues Regelspiel und weiß nichts damit anzufangen, denn Elli ist fast immer zu faul zum Spielen.«

»Ja, ich käme wohl gern, aber wir haben immer so viel zu tun. Wir können noch keinen Knecht halten, da muß ich tüchtig mitarbeiten.«

»Na, das tät' ich auch nicht! Du mußt's deinem Alten auch nicht gar so bequem machen.«

»Hör' mal, du! Nenn' meinen Vater nochmal einen Alten, so hast du das Letzte von mir gesehen. Ich bin nur traurig, daß ich noch so schwach bin und so wenig tun kann. Wenn ich erst stärker werde, sollen sich die Eltern nicht mehr so quälen.«

Georg war rot geworden. »Du bist ein guter Kerl! Manchmal möcht' ich sein wie du; wenn's nur nicht so langweilig wäre. Sieh, da sind wir bei Millers; man hört auch schon die Schreimusik. Lauf' hinein und richte deine Sache aus und komm dann mit mir auf die Jagd. Mutter hat mir ein gebratenes Hähnchen in die Tasche gesteckt und schönes frisches Brot und Kuchen, genug für uns beide. Sei gescheit und mach' dir einmal einen Feiertag.«

»Geht nicht! Ich habe versprochen, bald wieder heimzukommen.«

»Ach, du bist ein Baby! Es wird Zeit, daß du ein Mann wirst.«

»Jawohl, ein Mann, ein Wort!« rief Martin lachend, sprang vom Pferd und lief auf das nahe Haus zu.

»So warte doch!« rief Georg ihm nach. »Bitte wenigstens deinen Vater, daß er dich Sonntag nach der Kirche mit zu uns läßt. Und kleb' nicht an der Bank fest, wenn du dich bei Millers setzest; es wird Sirup genug darauf sein. – Vorwärts, mein Sternchen! Du und ich, wir sind immer allein. Nur gut, daß ich dich und Rollo zum Spielen habe.«

Damit klopfte er dem Pferdchen zärtlich den Hals, rief den Hund herbei und ritt langsam und nachdenklich von dannen.

Indessen ward Martin mit vielstimmigem Jubelgeschrei begrüßt und von einer Schar struppiger Kinder umringt, deren blühende Gesichter reichlich Spuren des eben beendeten Frühstücks trugen. Auf dem freien Platz vor dem Haus tummelten sich bunt durcheinander Schweine, Hühner, Gänse und Enten. Ein paar junge Hunde zerrten sich um einen alten Stiefel, dessen Zwillingsbruder eben zwischen den Zähnen eines schwarzen Ziegenbocks zermalmt wurde. Mitten in all dem Gewühl brannte ein helles Holzfeuer, ein mächtiger eiserner Kessel stand darüber, und ein sehr hübsches, schlankes Mädchen von etwa sechzehn Jahren rührte den Inhalt desselben mittels eines langen Holzstabes, an dessen Ende eine Art Schaufel befestigt war.

»So fleißig, Lissy?« redete Martin das Mädchen an. »Ich wollte dich zu uns holen, aber da ihr Apfelmus kocht, wird es wohl nicht passen.«

»O ja, doch!« antwortete Lissy erfreut. »Tante sprach schon davon, daß ich mir noch vor dem Winter etwas verdienen müsse; ich brauche so nötig neue Kleider. Unser Mus wird bis Mittag fertig; wir haben schon bei Mondschein angefangen zu kochen. Ach, ich bin es so müde! Willst du wohl ein wenig rühren, während ich Tante suche? Sie ist wohl hinten im Garten mit dem Kleinen.«

Willig ergriff Martin die Schaufel und rührte tapfer drauflos, während die Kinder hin und her liefen, um das reichlich umherliegende Holz und Stroh aufzusammeln und ins Feuer zu werfen.

»Wo ist Willy?« fragte er das älteste, etwa zehnjährige Mädchen.

»Im Feld draußen mit Vater und dem schwarzen Sam; sie müssen noch Mais schneiden.«

»Werdet ihr diesen Winter in die Schule gehen?«

»In die Schule? Was denkst du denn? Wir haben so viel zu tun! Mutter sagt, die Schule sei nur für reiche Leute.«

»Aber du machst ja gar nichts! Du hast dich noch nicht einmal gewaschen und gekämmt, und es ist schon acht Uhr vorbei.«

»Was soll ich mich waschen und kämmen? Man wird ja doch gleich wieder schmutzig! Geh' weg, ich will rühren, sonst zankt die Mutter; sie kommt eben aus dem Haus.«

»Guten Morgen, Martin!« rief eine starke, hochgewachsene Frau, die eben aus dem Haus auf die Veranda trat. »Ist mir recht, wenn du Lissy mitnimmst; sie ist hinaufgegangen und packt ihre Sachen zusammen. Komm doch indessen her, ruh' dich aus und iß ein bißchen; hier ist noch genug.«

Ja, da stand der große Familientisch beladen mit den Resten eines reichlichen Frühstücks, aber nicht eben sehr appetitanregend. Ein Kätzchen hatte sich über den Milchtopf gemacht, ein anderes zerrte an der Bratwurst, und Heere von Fliegen taten sich an dem Kuchen und der Sirupkanne gütlich.

Frau Miller ergriff die Katze, warf sie wie einen Ball auf den Hof hinaus, verjagte auf eine Minute mit ihrer Schürze den Fliegenschwarm und lud Martin nochmals zum Zulangen ein. Dieser aber hatte sich, eingedenk der Warnung Georgs, schon auf die Stufen der Veranda gesetzt und versicherte, keinen Hunger zu haben, da er erst vor einer Stunde gefrühstückt habe.

»Nun dann, Jenny und Katie, ihr faulen Bälge, wollt ihr gleich herkommen und den Tisch abräumen? Hab' ich's euch nicht schon vor einer Stunde geheißen? Mary, so rühre doch schneller; das Mus brennt ja an! Und du, Chartie, was fällt denn dir ein? Willst du wohl vom Kessel weg!«

Die Warnung kam zu rechter Zeit, sonst wäre der dicke vierjährige Junge gewiß ins Feuer gefallen bei seinen eifrigen Bemühungen, auf den Zehen stehend, in den Kessel zu gukken.

Da trat Lissy aus der Tür, spärlich, aber sauber gekleidet, die blonden Zöpfe zierlich aufgesteckt, ein leichtes Bündel an einem, einen kleinen Jungen auf dem andern Arm, dessen klebriges Gesichtchen sie zärtlich küßte.

»Hier, Tante, nimm doch Paulchen! Er weinte drinnen in seiner Wiege. Leb' wohl und grüße auch Onkel von mir! Lebt wohl, ihr Kinder! Helft auch der Mama schön, während ich fort bin. Dann bring ich euch auch was Hübsches mit.«

Die Kinder umdrängten sie zärtlich, freilich zum Nachteil der reinen weißen Schürze. Auch Mary, die an den Kessel gefesselt war, streckte ihre linke Hand der Scheidenden entgegen.

»Mary«, sagte Lissy leise, »sei doch verständig und nicht

so wild und schmutzig; höre doch auf mich und sei ein braves Mädchen.«

»Ja, ich will wohl, aber ich kann nur nicht; es ist alles gleich wieder so wüst«, war die weinerliche Antwort. »Ich wollte, ich dürfte auch mit zu Werners; da würd' ich schon anders werden.« –

Lissy Miller war eine Waise; ihre Eltern hatten in einem Städtchen des Südens ein kleines Kaufmannsgeschäft betrieben und mit drei blühenden Kindern sehr glücklich gelebt. Da war während eines heißen Sommers das gelbe Fieber ausgebrochen, hatte schnell den friedlichen Ort in eine Stätte des Jammers verwandelt und auch Lissys Eltern und beide Brüder während einer Woche hinweggerissen. Das verlassene, damals erst zehnjährige Kind war von mitleidigen Nachbarn aufgenommen und später zu den einzigen Verwandten, die es besaß, zu Farmer Millers, gebracht worden. Man hatte sie dort freundlich aufgenommen und reichlich mit Speise und Trank versorgt, aber leider war von Erziehung und Unterricht fast gar keine Rede. In stetem Jagen von einer Arbeit zur andern war das kleine Mädchen zur Jungfrau herangewachsen, niemand hatte sie zur Ordnung, zur Reinlichkeit und Höflichkeit ermahnt. Und doch war sie ein sauberes, freundliches Mädchen geblieben, das sich wie eine Rose unter dem Unkraut ausnahm, wenn man sie zwischen ihren kleinen verwahrlosten Vettern und Bäschen sah. Ihre Eltern hatten ihr nämlich einen köstlichen Schatz hinterlassen, viel besser als Gold und Silber: den Schatz einer frühen wahrhaft christlichen Erziehung. Das elternlose Kind kannte seinen himmlischen Vater, kannte den lieben Heiland, der die Kinder so freundlich zu sich ruft. Noch mit brechenden Augen hatten die Eltern ihr Töchterchen ermahnt, ihm treu zu bleiben und alle Sorgen im Gebet auf ihn zu werfen.

In der ersten Zeit war es ihr oft gar bange geworden in dem wilden Treiben auf der Farm, wenn die Tante sie planlos von einer Arbeit zur andern jagte und all ihr Bemühen, die Kinder in Ordnung zu halten, vergeblich war. Da betete sie oft abends in ihrem Kämmerchen mit Tränen um Kraft und Geduld und gelobte sich immer von neuem, nichts zu vergessen, was sie von den lieben Eltern gelernt hatte.

So war es gekommen, daß sie nichts Übles von ihrer Umgebung angenommen hatte, daß die sonst so ungeduldige Tante immer zufrieden mit ihr war, und die wilden Kinder sie zärtlich liebten und ihr mehr gehorsam waren als der immer scheltenden Mutter.

Nur eine Sorge lastete oft schwer auf Lissys Herzen. Sie war in ihrer Heimat erst wenige Jahre in die Schule gegangen, und seit dem Tode der Eltern hatte sie niemals mehr etwas gelernt. Sie hatte versucht, nach der Tagesarbeit aus ihren alten Schulbüchern weiter zu lernen, aber da waren ihr die Augen bald zugefallen vor Müdigkeit, oder die Tante hatte ihr das Licht vor der Nase ausgelöscht und ihr geboten, den Unsinn zu lassen und ins Bett zu gehen. So merkte sie mit Schmerzen, daß alles, was sie früher gelernt, allmählich ihrem Gedächtnis entschwand, mit Ausnahme der vielen schönen Sprüche und Lieder, die sie sich bei der Arbeit vorsagte und vorsang, und der biblischen Geschichten, die sie in den knapp bemessenen Ruhestunden am Sonntag den Kindern erzählte.

Darum ging sie auch jetzt so gern zu Werners, denn da gab es immer etwas zu lernen. Da hatte doch jeder Tag seinen Feierabend, wo die Familie friedlich beisammen saß, wenn's auch nur ein kurzes Stündchen war. Da erzählte der Vater viel Schönes von der fernen deutschen Heimat, oder Martin las eine Geschichte vor von fremden Ländern und Völkern.

Auch fand Frau Werner immer Zeit, sie im Stricken und Nähen zu unterrichten, was sie gar so gern schön lernen wollte, weil ihre liebe Mama so viel darauf gehalten hatte.

Auch durfte sie oft Sonntags mit nach der kleinen Kirche fahren, die sieben englische Meilen entfernt am Rande des Waldes stand. Jeden zweiten Sonntag kam der Pastor aus der Stadt, um Gottesdienst zu halten, und es waren damals noch die guten Zeiten, wo sich alle Farmer der Umgegend dazu versammelten und man sich geschämt hätte, ohne Not zu Hause zu bleiben. Nur Millers fanden gar zu oft eine Entschuldigung; meist kam der Vater allein auf seinem alten Schimmel angeritten, weil Frau und Kinder nie zur rechten Zeit bereit waren.

Martin freute sich immer schon lange vorher auf diese Sonntage, wenn Haus und Hof so rein und ordentlich aussahen! Da wurden auch Jack und Jim zeitig aus dem Pflug oder Wagen gespannt und zogen, wie Hänschen sagte, ihr Sonntagskleid an, das heißt, sie wurden gründlich geschwemmt und gebürstet, um sich am andern Morgen vor den Leuten zeigen zu können. Sonntags früh durften Menschen und Vieh die müden Glieder ein wenig länger ausruhen. Dann gab es ein festliches Frühstück von dem schönen frischen Brot und Kuchen, von Mutter und Lenchen am Sonnabend gebacken, und bald darauf bestieg die ganze Familie den sauber abgewaschenen Wagen, denselben, der in der Woche zur Feldarbeit diente, zur fröhlichen Kirchfahrt.

Schon unterwegs war's schön. Je näher man der Kirche kam, je mehr Wagen gesellten sich zueinander. Die Kinder begrüßten sich fröhlich und fingen miteinander das Lied zu singen an, das der Pastor am letztenmal aufgegeben hatte. Wie schön klang es doch in der klaren, frischen Morgenluft! Der große grüne, von Eichenbäumen beschattete Platz vor der Kirche war voller Leben. Die Pferde wurden an Pfähle gebunden und mit ihren Futterbeuteln versorgt. Männer und Frauen ruhten behaglich nach der schweren Wochenarbeit auf den roh gezimmerten Bänken oder umherliegenden Baumstämmen und erfreuten sich des so seltenen nachbarlichen Verkehrs. Den Kindern aber war es der höchste Spaß, den Weg entlang zu laufen, den der Pastor herkommen mußte, und wer sein leichtes Wägelein zuerst erblickte, durfte dann die kleine Glocke ziehen, die im Türmchen hing. Auf ihren Silberklang wurde alles still, und feierlich zogen Alte und Junge in die kleine, höchst einfache Kirche. Auf den vordersten Bänken saßen die Kinder, denn der Pastor pflegte nach der Predigt noch ein kleines Examen mit ihnen zu halten, Katechismus, Sprüche und Lieder hersagen zu lassen, besonders im Sommer, wo keine Schule war. Sie lernten auch gern, denn er war gar so freundlich und wußte alles so leicht zu machen und manche schöne Geschichte zu erzählen, hatte auch oft hübsche biblische Bildchen in der Tasche, womit er die Fleißigen belohnte. War der Gottesdienst aus, so dauerte es oft recht lange, ehe der Platz sich leerte; es wurde allen ein wenig schwer, wieder für die ganze Woche in die Einsamkeit zurückzukehren, denn manche wohnten so entlegen, daß sie von allem Verkehr abgeschnitten waren.

Martin durfte aber heute seinen Besuch bei Georg Braun abstatten. Die gute Mutter meinte, er habe angestrengt gearbeitet und eine Erholung werde ihm guttun. Sie selbst war bei dem Kranken, der schon etwas besser war, zu Hause geblieben.

Ja freilich, in Brauns elegantem offenem Kutschwägelchen fuhr sich's schön! Georg selbst hielt die Zügel, neben ihm saß Martin, hinter ihm Georgs Eltern und seine vierzehnjährige Schwester Elli.

Brauns waren schon ältliche Leute, zwei Töchter waren in entfernten Städten verheiratet, ein Sohn besaß eine Farm weiter im Süden; nur Georg und Elli, spätgeborene Kinder, genossen den Reichtum im elterlichen Haus.

Vor dreißig Jahren war Braun mit seiner jungen Frau in diese Gegend gekommen, die damals noch eine Wildnis war. Mit unsäglicher Mühe hatte er ein Stück Land urbar gemacht, zuerst ganz allein, dann mit Hilfe einiger anderer Ansiedler. Im dürftigen Blockhaus waren die ältesten Kinder geboren und hatten ihre erste Jugend unter harter Arbeit und großen Entbehrungen verbracht. Aber Braun war eben so fleißig wie unternehmend, und alles gelang ihm. Er erwarb mehr und mehr Land, hatte reiche Ernten, warf sich mit Glück auf die damals sehr lohnende Pferdezucht; kurz, er war jetzt allgemein bekannt als der reichste Farmer der Umgegend. Nur eins war schlimm: Mit dem Reichtum kam nicht zugleich die Fähigkeit, ihn richtig anzuwenden; dazu fehlte es den guten Leuten an Bildung. Braun war Großknecht auf einem norddeutschen Rittergut gewesen, wo seine Frau als »Gänsefiekchen« den Herrscherstab über die geflügelte Herde schwang und später zum Melkeimer vorrückte. Er machte auch gar kein Geheimnis daraus, und blieb seinen einfachen Sitten, ja selbst der plattdeutschen Sprache treu, zum großen Verdruß seiner Frau, die gar zu gern eine vornehme Dame sein mochte.

Vor einigen Jahren, als sich sein Vermögen vermehrt hatte, ließ sie mit Bitten nicht nach, bis ihr gutmütiger Mann eine Reise nach dem Osten mit ihr machte. Sie hatten die Weltstadt New York gesehen und die herrliche Gegend am Hudsonfluß angestaunt, weil andere reiche Leute das auch taten. Im Grunde wußten sie nicht recht, was daran zu bewundern war. Ein schönes, großes Weizenfeld gefiel ihnen eigentlich besser, da konnte man doch Brot daraus backen und Geld daraus lösen. Frau Braun brachte aber außer vielen schönen auch zwei üble Dinge mit nach Hause, nämlich einen Koffer voll prächtiger, neumodischer Kleider für sich und die Kinder und eine große Unzufriedenheit mit ihrer bisherigen Lebensweise; kurz, die Reise hatte ihr den Kopf verdreht. Das hübsche ländliche Wohnhaus, das sie nach den ersten mühevollen Jahren erbaut hatten, gefiel ihr nicht mehr, es mußte erweitert und vornehm hergerichtet werden. Und wenn »Missis« Braun und »Miß« Elli auf dem sammetweichen Rasenplatz vor dem Hause in bequemen Schaukelstühlen lagen, mit irgendeiner unnützen Tändelei beschäftigt, so konnte man sie kaum für die Frau und Tochter des sonnengebräunten Mannes halten, der in Feld und Garten munter mitarbeitete und nichts lieber trug als einen blauen Leinenkittel.

Heute aber saß er im stattlichen Sonntagsanzug in seinem Wagen, der eben vor dem hübschen Gittertor hielt, das ein schwarzer Diener in blendend weißem Anzug eilig öffnete. Auf der breiten Veranda war schon der einladende Mittagstisch gedeckt, und alle ließen sich's nach der langen Fahrt ganz prächtig schmecken.

»Na, Martin«, fragte Braun während des Essens, »hewwt Ji de Tüften (Kartoffeln) all rut?«

»Ja, Herr Braun, am Mittwoch sind wir fertig geworden.«

»Dann geist woll nu in den Schaul? Die geit ja den Mondag wedder an.«

»Ich ginge wohl gern, aber ich muß dem Vater helfen und kann nur abends zu Hause lernen.«

»Du büst en braven Kirrl! Ut di kann mal wat weren.«

»Soll denn Georg noch diesen Winter hier in die Schule gehen?« fiel Frau Braun ein. »Ich dächte, wir schicken ihn lieber nach der Stadt ins englische College; er verbauert hier so sehr.«

»Da wird nichts draus!« erwiderte der Vater. »Bis der Junge vierzehn Jahr alt ist, bleibt er hier; er kann noch genug lernen bei dem Herrn Pastor und der guten Tante Marie. Wenn's nach mir ginge, müßt'er auch mit an die Arbeit, aber darin will ich dir nur den Willen lassen, weil's eben dein Jüngster ist. Desto besser, daß die Schule wieder angeht; die Sommerbummelei hat lange genug gedauert.«

»Armer Junge«, seufzte die schwache Mutter, ihrem Liebling den Lockenkopf streichelnd; »in allem Winterwetter den weiten Weg zu machen wegen der lumpigen Landschule!«

»Aber, Mama«, rief Georg, »ich mache gern den Weg. Ich kann ja auf Sternchen reiten, und lernen mag ich auch gern; zu Hause wird mir oft die Zeit so lang. Nun komm, Martin! Ehe wir spielen, will ich dir einmal das ganze Haus zeigen; du hast es noch gar nicht richtig gesehen.«

Ja, da gab's viel Herrlichkeit! Weiche Teppiche und gepolsterte Möbel, vergoldete Lampen und bunte Ölbilder. Aber die Zimmer waren überfüllt, die Farben zu bunt und unpassend. Man sah, daß unkundige Hände das alles aufgehäuft hatten, nur um es zu besitzen und damit zu prahlen, aber nicht verstanden, es zu ordnen.

»Sieh, das alles gehört Mama und Elli«, sagte Georg; »ich mache mir nicht viel daraus. Aber nun komm, nun will ich dir Vaters Schatzkammer zeigen; die wird dir gefallen.«

Sie traten in ein kleines Zimmer, und Martin prallte auf der Schwelle bestürzt zurück, denn ein großer ausgestopfter Panther sah ihn mit funkelnden Augen an, als wäre er lebendig.

»Den hat Vater geschossen vor dreißig Jahren, als noch alles Urwald war«, rief Georg. »Und sieh hier das große braune, wollige Fell! Das ist von einem Büffel; den hat er auch geschossen, als er eben in den Garten einbrechen wollte. Im Winter schlafen Vater und ich oft unter diesem Fell; das ist wärmer als das beste Federbett, und man träumt darunter so schön von der Wildnis, von Jagd und Abenteuer. Hier ist die Axt, womit Vater die Bäume umhieb zum ersten Blockhaus, hier die alte Jagdflinte, Spaten und Hacke und viel anderes Werkzeug.«

»Was ist denn da in der großen alten Kiste?« fragte Martin.

»Allerhand Sachen; komm, wir wollen sie aufmachen. Das ist die Kiste, die die Eltern mit aus Deutschland brachten. Sie hat ihnen lange als Tisch gedient. Mama spricht nicht gern davon, aber ich finde es so hübsch. Sieh, hier sind die groben Kleider, die sie damals trugen, die großen Strohhüte zur Feldarbeit; hier ist Mutters Spinnrocken, und hier sind die komischen, plumpen Schuhe, die sie selbst in den langen Winterabenden aus Maisstroh geflochten haben.

– Weißt du, Martin, manchmal möcht' ich, all unsere feinen Sachen wären weg, und es wär' noch wie damals; Vater kann so schön davon erzählen, und Bruder Paul sagt auch, es sei hübsch gewesen, als er ein kleiner Junge war.«

»Ja, da dürftest du aber nicht so herumlaufen und spielen, da müßtest du den ganzen Tag tüchtig arbeiten.«

»Freilich, das hätt' ich bald vergessen. Und Kuchen und Braten gäb's auch nicht, und ich bekäme auch keine goldene Uhr zu Weihnachten. – So, nun hast du alles gesehen; nun wollen wir draußen spielen.«

In der folgenden Nacht erschreckte Martin seinen Vater, indem er aus dem Schlaf auffuhr und laut »puff! paff!« schrie.

»Was hast du denn, Junge?« fragte der Vater.

»Ich habe eben einen Panther geschossen«, rief Martin, sank in die Kissen zurück und schlief weiter.

4 Ernst Kunzes Erzählungen

Unter Werners freundlicher Pflege erholte sich Ernst Kunze nach und nach von dem heftigen Fieberanfall. Alle hatten ihn in kurzer Zeit liebgewonnen, denn er war geduldig und freundlich und überaus dankbar für den kleinsten Dienst, der ihm geleistet wurde. Aber trotz der wiederkehrenden Gesundheit trug sein Gesicht meist den Ausdruck tiefer Traurigkeit. Oft hörte man ihn, wenn er sich unbemerkt glaubte, seufzen und weinen, und in der Nacht rief er oft mit schmerzlicher Betonung den Namen Richard: »Mein armer, lieber Richard!« Vater Werner hatte aber den Kindern streng verboten, nach der Ursache dieses Leides zu fragen.

»Ernst wird es uns selbst erzählen«, sagte er, »wenn er stärker wird. Bis dahin wollen wir ihn nicht mit Fragen belästigen, sondern ihm nur recht viel Liebe erweisen, daß sein Herz wieder fröhlich wird.«

Sobald der junge Mann das Bett verlassen konnte, fing er auch gleich an, überall im Haushalt mit anzugreifen, und zwar mir solcher Geschicklichkeit, daß Frau Werner meinte, kein Mädchen könne ihr besser zur Hand gehen. Er schälte die Kartoffeln, putzte das Gemüse, fegte die Stuben rein. Ja, als die Mutter einen großen Korb Strümpfe zum stopfen auf den Tisch brachte, bot er sich zu helfen an, und niemand lachte, als er mit ernstem Gesicht und großem Eifer die weibliche Arbeit verrichtete. Nur Hänschen konnte sich nicht bezwingen; ein nähender Mann schien ihm etwas Schreckliches zu sein. Schüchtern zupfte er Ernst am Rock und sagte: »Ernst, du bist doch ein Junge! Näh' doch nicht; die Menschen lachen dich aus!«

»Ei, Hänschen«, erwiderte Ernst freundlich, »wenn ich nicht nähen und flicken gelernt hätte, wär' ich längst ganz zerlumpt, und überall würde der Fleischer herausgucken, wie du es nennst. Da würden die Menschen wohl noch mehr lachen; meinst du nicht?«

»Aber hast du denn keine Mama, die deine Strümpfe stopft?«

»Willst du wohl still sein, Hänschen!« unterbrach Lenchen den kleinen Schwätzer. »Der Vater hat ja gesagt, wir sollen Ernst nichts fragen.«

»Wir sollen ihn nur nicht fragen, warum er Richard ruft und dabei weint; das hab' ich ja nicht gefragt.«

Erschrocken wollte die Mutter den kleinen zum Schweigen bringen, aber schon hatte ihn Ernst an sich gezogen und das rosige Gesichtchen geküßt.

»Du lieber Junge!« sagte er. »Frage nur alles, was du willst, und fürchte dich nicht. Es ist nicht recht von mir, daß ich so lange schon hier bin und so viel Liebe von euch genossen habe, ohne euch von meiner Vergangenheit zu erzählen. Mein Herz war durch Kummer verschlossen, aber dieser kleine Schelm hat den Schlüssel gefunden. Und da wir alle so gemütlich beisammen sitzen, will ich wenigstens anfangen, meine Lebensgeschichte zu erzählen und dabei fleißig Strümpfe stopfen, wenn unser männliches Hänschen es erlaubt.«

»Meine Heimat ist in der Nähe von Rostock, wo mein Vater Verwalter auf einem großen Rittergut war. Er hatte die liebe Mutter geheiratet, als beide nicht mehr ganz jung waren, und ich blieb ihr einziges Kind. Sie erzogen mich mit zärtlicher Liebe, aber zugleich mit Ernst und in der Furcht Gottes. Meine Kindheit war eine sehr glückliche. Der große Garten, die Felder und Wiesen, die Pferde, Hunde und

Kühe, der Hühnerhof und das Taubenhaus waren für mich stete Quellen der Fröhlichkeit und Abwechslung. Aber auch die Schule war mir lieb. Der Lehrer Bachmann verstand seine Sache; er besaß die Herzen seiner Schüler und wußte uns für alles zu begeistern, was er uns lehrte. Sein ältester Sohn Richard, mit mir an ein und demselben Tag geboren, war mein bester Freund. Wir liebten uns wie Brüder und waren unzertrennlich. Im Winter, wenn die Wege verschneit waren, blieb ich oft tagelang im Lehrerhaus. Dafür verlebte Richard die Ferien und die meisten Sonntage bei uns. Bis in unser zehntes Jahr trieben wir's wie andere Knaben, spielten heute Soldaten, morgen Räuber, vertieften uns dann wieder in Bücher und ernsthafte Gespräche und dachten noch nicht an die Zukunft. Da geschah es während der Obsternte in unserm Garten, daß Richard das Unglück hatte, von einem Apfelbaum zu fallen und das Bein zu brechen. Meine erschrockenen Eltern ließen ihn auf mein Bett bringen, und der Arzt hielt es für besser, wenn er in unserm Haus bliebe bis zur vollständigen Heilung. Da lag nun der arme muntere Junge ans Bett gefesselt durch manche lange Woche. Die Mutter pflegte ihn wie einen eigenen Sohn, Eltern und Geschwister besuchten ihn fleißig, aber alle hatten ihrer Arbeit nachzugehen und konnten doch nur kurze Zeit an seinem Bett verbringen. Ich allein wich nicht von ihm. Als die Ferien vorüber waren, bat ich so lange, bis es mir erlaubt ward, die Schule noch einige Zeit zu versäumen und an Richards Bett die Aufgaben des Lehrers zu lernen. Wie unsere Herzen in diesen Wochen aneinander wuchsen, kann ich nicht beschreiben! Da, als Richard bereits ein wenig aufsitzen durfte, besuchte ihn sein Pate aus der Stadt und brachte ihm ein schönes, mit vielen bunten Bildern verziertes Lesebuch mit. ‚Da, Ernst', sagte er zu mir, ‚lies deinem

Patienten die schönen Geschichten vor, aber laßt euch die Köpfe nicht davon verdrehen.' Entzückt nahm ich das dicke Buch in die Hand und las den seltsamen Titel: ‚Lederstrumpfs Erzählungen.' Ich ahnte nicht, daß dieses Buch unser ganzes Lebensschicksal entscheiden, daß es die erste Ursache zu dem frühen Tod meines Richard sein würde. Du, lieber Martin, kennst vielleicht das Buch; es enthält sehr lebhafte, freilich nicht immer wahre Schilderungen des Lebens in den Urwäldern des Westens. Erzählungen von Indianern, von romantischen Jagdzügen und allerlei wilden Abenteuern. Hundert Knaben lesen es wohl, freuen sich daran und legen es wieder weg, ohne besonders tiefe Eindrücke davon zu behalten. Uns beiden aber erschloß es eine neue Welt. Noch ehe wir es ausgelesen hatten, stand der Entschluß in uns fest, auch einmal auszuwandern und ein ebenso freies, romantisches Leben zu führen wie unsere Helden. Sobald Richard gesund war, fingen wir an, uns in kindischer Weise auf unsern Lebensberuf als Pionier des Westens vorzubereiten. Die dichten Gebüsche des Gartens mußten den Urwald vorstellen. Dort bauten wir uns mit unsäglichen Mühen ein Blockhäuschen, in dem wir beide Platz hatten und wo wir, auf selbst gezimmerten Schemeln sitzend, Bogen und Pfeile schnitzten, die für die Sperlinge recht gefährlich wurden, und Netze strickten, um die Weißfische im Dorfbach zu fangen. Aber diese friedlichen Beschäftigungen genügten uns nicht lange. Bald hatten wir eine auserlesene Schar Schulkameraden in unsere Pläne eingeweiht, und mit ihrer Hilfe wurden alle Geschichten unsers Buches aufgeführt, wobei Richards kleine Schwester Emma die schöne Häuptlingstochter vorstellen mußte und dabei oft recht schlecht behandelt wurde. Die liebe Mutter, die viel Arbeit hatte, ahnte gar nicht, was eigentlich in ihrem Garten vorging; sie hielt es für Kinderei und klagte nur über meine vielen zerrissenen Hosen und Jacken und die häufigen Beulen und Wunden, die ich bei den Indianerkämpfen davontrug. Der Winter machte zwar diesen Spielen ein Ende, nicht aber unserer Begeisterung. Wir wollten mit einem Male alles lernen, was wir für die Zukunft zu brauchen glaubten, und die gute Mutter lobte mich oft unverdient, wenn ich ihr so eifrig im Hause half, von den Mägden das Melken, von den Knechten die Behandlung der Pferde lernte. Als ich sie aber endlich bat, mich etwas nähen und flicken zu lehren, war sie beinahe so erstaunt wie Hänschen und wollte nichts davon wissen. ‚Aber Mutter', brach ich heraus, ‚wenn mir nun im Urwald die Hosen zerreißen und du bist nicht da, muß ich sie mir doch selber flicken.' Und nun war mein Herz geöffnet, und ich schilderte der geduldigen Zuhörerin mit glühenden Farben unsere Zukunftspläne. Nun wußte die Mutter zwar wohl, daß ich nie Goldklumpen finden, Häuptlingstöchter befreien und heiraten oder gar selbst Häuptling werden würde. Sie lächelte über diese Kindereien. Das Auswandern nach Amerika lag aber eben nicht so fern; es taten dies viele junge Landleute aus der Nachbarschaft und gründeten sich mit einem kleinen Vermögen dort eine zweite Heimat, während sie im Vaterland nie zu einem Besitz hätten kommen können. Darum ließen uns die Eltern gewähren, halfen uns sogar noch dazu, daß wir von der Tischlerei, vom Zimmern und Bauen, ja sogar vom Schuhmacherhandwerk nach und nach die nötigsten Handgriffe lernten. Auch Richards Eltern ließen ihren Sohn gewähren, besonders da wir dabei fleißige Schüler blieben und keine dummen Streiche mehr machten. So wuchsen wir heran, wurden zusammen konfirmiert, besuchten dann noch zwei Jahre eine Realschule in Rostock und kehrten als kräftige Burschen zurück, um bei meinem

Vater die Landwirtschaft von Grund auf zu erlernen. Inzwischen hatten sich die Eltern entschlossen, mit mir nach Amerika zu gehen, dort eine Farm für mich zu kaufen und den Rest ihres Lebens bei mir zu verbringen. Wie glücklich war ich in dem Gedanken, ihnen ein frohes, behagliches Alter zu bereiten! Die Lust nach Abenteuern war zwar immer noch stark in mir, aber die Liebe zu den Eltern war doch stärker, und ich war ganz zufrieden mit ihren Anordnungen. Richard sollte uns begleiten und unsere Heimat teilen, bis er imstande sei, sich selbst eine zu gründen. Gott aber hatte es anders beschlossen. Es kam ein schwerer Tag, da wir den lieben Vater, vom Schlag getroffen, ins Haus tragen mußten, wo er nach wenigen Stunden starb, in Frieden und im Glauben an seinen Heiland, einen Segen für mich auf den Lippen. Die arme Mutter überlebte ihn nur ein halbes Jahr, und so stand ich als neunzehnjähriger Jüngling allein auf der Welt.«

»Und jetzt, lieber Ernst«, unterbrach der Vater den Erzähler, »mußt du gleich aufhören und zu Bett gehen; du hast schon zu viel gesprochen und siehst ganz blaß aus. Morgen abend wollen wir Äpfel schälen; das wird noch einmal so schnell gehen, wenn du uns weiter erzählst.«

»O Ernst«, sagte Hänschen, »so ein Blockhäuschen kannst du mir auch bauen! Und wenn du den Bogen und die Pfeile noch hast, so schenk' sie mir doch; ich will auch Sperlinge schießen.«

Martin aber drückte Ernst die Hand und sagte leise: »Bleibe doch bei uns, Ernst, dann hast du wieder Vater und Mutter, und ich möchte dein Bruder sein; ich habe dich so lieb!«

Am nächsten Abend saß die ganze Familie um zwei große, mit Äpfeln gefüllte Fässer herum, eifrig mit Schälen beschäftigt. Ernst fühlte sich heute bedeutend wohler und fuhr gern mit seiner Erzählung fort:

»Es war ein trauriger Tag, als ich mein liebes, nun so leeres Vaterhaus verließ, um fürs erste bei der Lehrerfamilie Unterkunft zu finden. Richard und ich hatten nun ausgelernt, und nach einigem Widerstreben bekamen wir die Erlaubnis, uns einer Schar von Auswanderern anzuschließen, die in kurzer Zeit abreisen wollten. Mein kleines ererbtes Vermögen reichte für uns beide zur Überfahrt und zum Ankauf eines kleinen Besitztums in Amerika. Wie schwer es Richards Eltern wurde, ihren Sohn von sich zu lassen, könnt ihr euch wohl denken. Aber sie hatten noch vier Söhne und drei Töchter, sahen auch ein, daß der feurige, nach außen strebende Jüngling sich schwerlich in einem alltäglichen Lebensberuf wohl fühlen würde. Nach einer glücklichen Überfahrt betraten wir das Land unserer Hoffnung. Die Gefährten trennten sich bald von uns, teils um in den Städten Arbeit zu suchen, teils schon kultiviertes Land anzukaufen. Uns aber trieb es nach dem wilden Westen. Nach manchen Kreuz-und Querfahrten erfuhren wir, daß in Colorado, am Fuße der Felsengebirge, große Strecken Waldland umsonst zu haben seien. Dahin lenkten wir unsere Schritte und erwarben uns bald die Erlaubnis, uns anzubauen. Ja, nun waren wir in der Wildnis! Werde ich wohl je den Abend vergessen, da wir mit unserm, mit zwei Pferden bespannten Wagen in der wilden Gegend anlangten, die nun unsere Heimat werden sollte? Unser nächster Nachbar, dessen Hütte sechs englische Meilen weit entfernt war, hatte uns den Weg gezeigt und half uns an einer lichten Stelle unser kleines Zelt aufschlagen. Freundliche Hilfe versprechend verließ er uns dann, denn er hatte Frau und Kind daheim, und es war nicht geraten, sie bei einbrechender Dunkelheit unbeschützt zu lassen. Wir aber fielen uns um den Hals und versprachen uns von neuem, alles miteinander zu teilen bis zum Tode. Dann knieten wir nieder und baten Gott mit Tränen in den Augen um Schutz und Beistand, gelobten ihm auch treu zu sein und sein Wort lieb zu behalten auch in der Wildnis. Ich war etwas verzagt und ängstlich. Richard aber sprang fröhlich auf und rief: ‚Nun komm, Ernst, wir wollen unsern Wagen abladen. Laß doch den Mut nicht sinken! Jetzt wollen wir wieder so spielen wie als Knaben und so vergnügt dabei sein! Wir haben ja nun, was wir uns so lange gewünscht.' So zündeten wir ein Feuer an, luden unsere Kisten ab, packten Zwieback, Salzfleisch, Tee und Zucker aus, holten Wasser aus der nahen schönen Felsenquelle und hielten bald unser erstes einsames Mahl unter dem herrlichen Sternenhimmel beim Schein des Feuers. Richard war voller Lust und Leben und bot alles auf, mich zu erheitern. ‚Höre nur', sagte er, ‚wie es in zwanzig Jahren hier sein wird: Da wird der wilde Wald gelichtet sein, freundliche Farmhäuser werden hier und da stehen, blühende Gärten und fruchtbare Felder dazwischen. Dort auf der kleinen Anhöhe wird ein schmuckes Kirchlein mit seiner Glocke zum schönen Gottesdienst einladen; daneben in dem freundlichen Schulhaus werden muntere Kinder aus- und eingehen, auch deine und meine! Denn wir sind dann längst ehrbare Hausväter und werden hoch angesehen als erste Gründer der blühenden Kolonie.' Dabei glänzte sein schönes Gesicht vor Freude und Tatenlust, und ich liebte ihn an diesem Abend mehr als je. Nun kamen schwere, rauhe Arbeitstage, von denen ich nicht viel sagen will; genug, nach einigen Wochen stand ein geräumiges Blockhaus, war ein kleines Maisfeld und ein Gemüsegärtchen eingerichtet, und wir zwei arbeiteten wacker an der Ausrottung der Bäume, um nach und nach mehr Ackerland zu gewinnen. Anfangs versorgten wir abwechselnd unsern kleinen Haushalt, nach und nach aber machte sich's wie von selbst, daß mir mehr die häuslichen Geschäfte zufielen, Richard mehr die Jagd und die Arbeit im Walde übernahm. Er war ein guter Schütze und verfehlte sein Ziel nicht leicht, so daß wir manchen guten Reh- oder Hirschbraten auf dem Tisch hatten. Ich leistete Großes in der Kochkunst, pflanzte und bebaute den Garten nach Herzenslust, und hatte die Freude, schon im nächsten Herbst ein schönes Weizenfeld zu besäen.«

»Gab's da auch wilde Tiere, vielleicht Bären oder Panther?« fragte Martin.

»Jawohl!« antwortete Ernst. »Richard hat zwei Bären geschossen, und von einem Panther werde ich gleich etwas erzählen. Wir waren immer allein, denn ringsum war keine menschliche Wohnung außer der erwähnten Nachbarhütte, die wir manchmal Sonntags aufsuchten. Die Bewohner waren liebe Leute: Peter Gläß, ein rüstiger Mann von etwa dreißig Jahren, seine schöne junge Frau und zwei prächtige Kinder, Willi und Anna, acht und fünf Jahre alt. Wir halfen Peter öfter bei solchen Arbeiten, die ein einzelner nicht gut verrichten konnte. Dafür nahm sich seine Frau manchmal unserer Kleidung an, flickte und nähte für uns, wo unsere Kunst nicht ausreichte. Wenn wir des Sonntags hinübergingen, nahmen wir unsere Bibel und unsere Gesangbücher mit. Richard machte mit seiner schönen Stimme den Vorsänger, ich den Vorleser; auch lehrte ich die Kinder die schönen Gebetchen und Lieder, die mir die liebe Mutter beigebracht hatte. Peter hatte sich in der Heimat nicht viel um Gottes Wort gekümmert, aber in der Wildnis hatte er zur unsäglichen Freude seiner frommen Frau seine Ohnmacht erkennen gelernt und sich dem rechten Nothelfer zugewendet. Von dieser Frau will ich eine Heldentat erzählen. Sie war eines Tages im Garten beschäftigt, Annchen spielte bei ihr, während der Vater mit Willi im naheliegenden Feld arbeitete. Da es eben Vesperzeit war, gab sie dem kleinen Mädchen ein Henkeltöpfchen mit Kaffee und einige in ein Tuch gebundene Maiskuchen, um es dem Vater hinzutragen. Sie blickte dem Kind nach, bis es hinter einigen Büschen verschwand, und machte sich dann wieder an ihre Arbeit. In dem selben Augenblick hörte sie das Kind entsetzlich schreien. Sie springt ihm nach und sieht einen mächtigen Panther, der es am Kleidchen gefaßt hat und mit sich fortschleppt. Aber gleich darauf stürzt das wilde Tier mit lautem Gebrüll tot zusammen, denn die Mutter hat ihm mit einem wuchtigen Hieb der schweren Hacke, die sie noch in der Hand hielt, den Kopf gespalten. Indessen war auch der Vater herbeigeeilt, er fand das Kind unverletzt, die Mutter aber ohnmächtig am Boden liegend. Doch erholte sie sich bald, und als Peter sie verwundert fragte, wie sie das schreckliche Tier habe töten können, antwortet sie: ‚Ich rief den Herrn an, und er gab mir die Kraft eines starken Mannes, daß ich mein Kind retten konnte.«

Ernst schwieg, und alle Hände ruhten von der Arbeit. Lenchen aber schmiegte sich an die Mutter und sagte:

»Das hättest du auch getan, liebe Mama, wenn mich ein Panther forgeschleppt hätte.«

»Aber«, fing Martin von neuem an, »dort muß es doch auch noch Indianer geben. Habt ihr da keine gesehen?«

»O, wollte Gott, wir hätten keine gesehen!« erwiderte Ernst mit so traurigem Ausdruck, daß Martin seine Frage bereute. Doch faßte er sich schnell und fuhr fort:

»Indianer sahen wir häufig auf unsern kleinen Jagdzügen und Entdeckungsreisen, sie waren friedlich gesinnt und verstanden meist etwas Englisch. Manchen dieser braunen

Gesellen haben wir an unserm Feuer gewärmt und bewirtet. Ja, einer von ihnen, der ein paar Tage krank bei uns lag, zeigte sich sogar dankbar, indem er einen prachtvollen Hirsch vor unsere Tür legte und dann eilends davonsprang. – Drei mühevolle, aber glückliche Jahre verlebten wir so miteinander. Ein einziges Mal waren wir in dieser Zeit nach dem nächsten, mehrere Tagereisen entfernten Städtchen gefahren, das den hochtragenden Namen Neu-Athen trug, aber nur aus etwa zwanzig hölzernen Häuschen, einem Laden, einem Wirtshaus, einer Mühle und einer Schmiede bestand. Dort verkauften wir unsern ersten Weizen und kehrten reichbeladen mit allerhand Vorräten, auch neubekleidet und -beschuht, in unsere Wildnis zurück, freilich in recht langsamem Schritt, denn hinter dem Wagen her trabte eine schöne braune Kuh, die wir uns gekauft hatten. – Es war etwa vor einem halben Jahr, als Peter Gläß uns eines Sonntags erzählte, er sei auf einer der nächsten Ansiedlungen gewesen und habe dort gehört, daß ein Kampf zwischen Weißen und Indianern stattgefunden habe. Es sei zwar ziemlich weit von uns, aber dennoch sollten wir auf unserer Hut sein. ‚Denn', sagte er, ‚wenn diese roten Teufel nur einmal Blut gesehen haben, sind sie wie die Tiger.' Wir folgten seinem Rat, hielten uns meist in der Nähe des Hauses auf und waren nie unbewaffnet. Da aber einige Wochen ruhig vergingen, wurden wir wieder sorgloser und meinten, es werde wohl nur ein einzelner Fall gewesen sein. Eines Morgens glaubte Richard nicht allzuweit vom Hause die Spur eines Bären zu entdecken, und da es uns an Fleisch fehlte, hatte er große Lust, einen Jagdzug anzustellen. Ich aber bat ihn dringend, es nicht zu tun, nur noch einige Tage zu warten, bis wir etwa durch Peter Nachricht erhielten, wie die Sachen ständen. Er gab mir auch nach und schien seinen Plan aufgegeben zu haben. Als ich aber am andern Morgen erwachte, war sein Lager leer; er war vor Tagesanbruch fortgegangen, wie er oft tat, den Bären zu verfolgen. Mich aber ergriff eine unbeschreibliche Angst; ich kleidete mich hastig an, nahm meine Flinte und eilte ihm nach. An den umgebrochenen Büschen und dem niedergetretenen Gras erkannte ich anfangs leicht die Spur des Bären, im dichten Wald aber verlor ich sie bald und irrte einige Stunden lang unstet umher, von Zeit zu Zeit Richards Namen rufend. Schon wollte ich umkehren, in der Hoffnung, daß er vielleicht zurückgekehrt sei, da sah ich plötzlich in einer Lichtung des Waldes den Bären tot liegen. Ich eilte hinzu, denn ich fürchtete, Richard sei vielleicht im Kampf mit dem Tier verwundet worden, aber weit und breit war keine Spur von ihm zu sehen. Auch merkte ich bald, daß gar kein Kampf stattgefunden hatte, denn der Bär war durch einen wohlgezielten Schuß in den Kopf getötet. Ich sah nach der Sonne, um mich zurechtzufinden, und schlug die Richtung nach Hause ein, immer ängstlich um mich spähend. Da sah ich etwas Rotes durch das Gestrüpp schimmern. Ich eilte darauf zu, denn Richard trug ein rotes Halstuch, und im nächsten Augenblick lag ich jammernd am Boden, neben der Leiche meines Freundes.«

Ernst schwieg und bedeckte das Gesicht mit den Händen. Alle waren tief ergriffen, und die Kinder weinten. Nach einer Weile bangen Schweigens schlich sich Hänschen zu Ernst hin, kletterte auf die Bank, schlang seine Ärmchen um seinen Hals und rief:

»Ach, lieber Ernst, bitte, bitte, weine doch nicht! Ich kann das nicht sehen. Richard ist im Himmel! Da ist es so schön! Da gefällt es ihm gewiß gut beim lieben Heiland. Bleibe doch bei uns! Wir wollen dich auch recht liebhaben, daß du nicht mehr so traurig bist.«

So schmeichelte das Kind, bis Ernst sich aufrichtete, es auf den Schoß nahm und nach kurzem Besinnen weitersprach:

»Was nun weiter geschah, kann ich euch nicht beschreiben. Ihr könnt euch ja meinen Schmerz wohl selbst ausmalen. Daß mein Richard von einem Indianer getötet war, ist gewiß. Denn als Peter am andern Tag den toten Bären holen wollte, war er bereits weg und Spuren von Indianerfüßen am Boden sichtbar. Auf der Anhöhe, wo sich der liebe Junge die kleine Kirche träumte, gruben wir sein Grab und setzten ein hölzernes Kreuz darauf. Mir aber war es, als sei mein eigenes Leben geschwunden. Ich ging herum wie ein Träumender, und kein Trost wollte haften. Einige Tage blieb ich in Peters Hütte, dessen Frau sich wie ein Engel um mich bemühte. Sie zeigte mir in der Bibel alle die schönen Stellen vom ewigen Leben und sang bei ihrer Arbeit mit sanfter Stimme Lieder von der himmlischen Seligkeit, ohne mich mit vielem Reden und Trösten zu belästigen. Nach und nach raffte ich mich etwas auf, kehrte in meine Hütte zurück und versuchte zu arbeiten. Aber in der Einsamkeit erwachte der Schmerz von neuem. Der Anblick des leeren Lagers, wo er geruht, des Schemels, wo er gesessen, die kleinen Jagdtrophäen, mit denen er die rauhen Wände geschmückt, weckte immer neue Ausbrüche des Jammers. Ich wurde schwach und elend, und die Arbeit lag danieder. So schleppte ich mich eines Tages zu Peter und fragte ihn um Rat. Der gute Mensch bot mir an, ganz bei ihm zu bleiben; er wollte seine Hütte vergrößern, und wir könnten mein Land von da aus mit bearbeiten. So blieb ich denn und kämpfte mit Gottes Hilfe redlich gegen meinen Kummer, sah aber bald ein, daß es so nicht bleiben könne. Peters Hütte war überfüllt, denn im Laufe der drei Jahre waren zu den beiden Kindern noch zwei gekommen. Mit dem Anbauen konnten wir erst beginnen, wenn die Feldarbeit getan war, und mein Land war zu weit entfernt, um es genügend zu besorgen. Dazu sehnte ich mich unbeschreiblich zurück in bewohnte Gegenden. Die Wildnis hatte ihren Reiz für mich verloren, seit Richards fröhliche Stimme sie nicht mehr belebte. Auch waren wir in steter Angst vor einem Überfall der Indianer; es blieb jedoch alles ruhig. Endlich bat mich Peter, doch einmal nach Neu-Athen zu reiten; vielleicht könne ich dort hören, ob man vor den roten Teufeln sicher sei. So machte ich mich auf den Weg und fand dort im Wirtshaus eine Schar Männer ums Feuer sitzen, zu denen ich mich gesellte. Da hörte ich denn, daß ein Vertrag mit den Indianern beschlossen und die Friedenspfeife geraucht worden sei. Alle waren sehr erfreut darüber, aber was half es mir? Wer konnte mir meinen Herzensbruder wiedergeben? Meine Traurigkeit fiel selbst den Fremden auf, und sie drangen in mich, ihnen den Grund zu sagen. Ich erzählte mit wenigen Worten mein Unglück und sprach meinen Wunsch aus, die Gegend zu verlassen. Da traten nach kurzer Beratung drei junge Männer zu mir und boten sich an, mir mein Land abzukaufen. Sie wollten sich gern anbauen und waren froh, der ersten schweren Anfangsarbeit überhoben zu sein. Der Handel war bald geschlossen. Viel konnten mir die armen Burschen nicht bieten, aber mir war es genug. Sie gingen gleich mit mir, und nach einigen Tagen stand ich zur Abreise gerüstet und warf einen letzten Blick auf die Stätte so großen Glücks und so unsäglichen Jammers, stieg noch einmal hinauf zu dem Grab, das mein Liebstes barg, und ritt dann still und einsam von dannen auf meinem Pferdchen, meinem lieben Weißfüßchen. – Sechs Wochen lang war ich unterwegs. Manchmal rastete ich einige Tage, mehr um Weißfüßchens als um meinetwillen, denn mich trieb eine fieberhafte Unruhe weiter und weiter. Die Leute, bei denen ich einsprach, begegneten mir alle freundlich. Einige luden mich ein, zu bleiben und bei der Feldarbeit zu helfen, aber mir wollte es nirgends recht gefallen. Hier aber ist mir's so heimatlich zumute geworden, daß ich am liebsten bei euch bliebe, wenn ihr mich behalten wollt. Ich will gern Knecht und Magd zugleich vorstellen, wenn ihr mir nur ein Plätzchen in eurem Hause gönnt!«

»Nein, mein lieber Ernst«, rief der Vater, ihn bei der Hand fassend, »mein Knecht sollst du nicht sein; wenn du aber als mein lieber Freund und Sohn bei uns bleiben und uns helfen willst, so wollen wir den Tag segnen, an dem Gott dich zu uns führte, und alles mit dir teilen, was er uns beschert.«

»Und ich darf wohl dann in die Schule gehen?« rief Martin.

»Dacht' ich's mir doch, daß das dein erster Gedanke sein würde«, sagte der Vater. »Nun ja, sobald Ernst stark genug ist, mit mir die Wintersaat zu bestellen, magst du gehen, wenn dir nämlich der Weg nicht zu weit wird.«

»Da weiß ich schon Rat!« fiel Ernst ein. »Martin soll auf Weißfüßchen reiten, ich übergebe es ihm als Schulpferdchen. Es ist das sanfteste Tierchen von der Welt, und wenn die liebe Mutter Lenchen entbehren kann, setzen wir diese mit darauf; sie muß doch auch etwas lernen.«

So kam denn bald der fröhliche Morgen, an dem Martin und Lenchen ihren ersten Schulgang antraten. Besorgt blickte ihnen die Mutter nach, als sie davonritten. Weißfüßchen aber wieherte fröhlich, denn es kannte die Kinder, die es täglich fütterten und liebkosten, und freute sich, sie zu tragen.

5 Die Schule

Wenige Schritte von der Kirche entfernt stand am Rande des Waldes das Schulhaus. Es war ein schlichtes Gebäude von Brettern und Stämmen und enthielt nur ein einziges großes Zimmer, dieses aber war freundlich, hell und sauber. Vorn war das Häuschen noch von hohen Bäumen beschattet, aus den hinteren Fenstern aber schweifte der Blick über eine jener unabsehbaren Grasflächen hin, die man in Amerika Prärien nennt. Nur einzelne Baumgruppen erhoben sich hier und da noch aus dem grünen Meer; durch die nächste derselben blickte ein freundliches weißes Häuschen, die letzte Wohnung der Ansiedlung. Dort lebte der Viehhändler Thomas Hill mit seiner Frau und seinem einzigen Töchterchen Berta. Aber auch die Lehrerin der Schule fand dort während des ganzen Winters ihr Unterkommen und kehrte erst im Frühling nach ihrer Heimat in der Stadt zurück, wenn ihre kleinen Schüler wieder anfangen mußten, den Eltern bei der Feldarbeit zu helfen. Sie war in der ganzen Gegend bekannt und beliebt unter dem Namen Tante Marie und war die Schwester des Pastors.

Vor zehn Jahren hatte sie als ganz junges Mädchen die Schule begonnen mit wenigen Kindern, jetzt regierte ihr mildes Zepter über eine muntere Schar von vierzig bis fünfzig Knaben und Mädchen zwischen acht und vierzehn Jahren. Da waren Deutsche und Engländer, mehrere kleine wollköpfige Neger und sogar ein kupferbrauner Indianerknabe von etwa neun Jahren, mit Namen Sancho. Diesen hatte Thomas Hill vor einem Jahr, als er mit großen Viehherden aus Texas heimkam, halb verschmachtet im Gras liegend gefunden. Ob er sich von seinen Genossen verirrt, oder mit

Absicht von ihnen verlassen worden war, wußte man nicht. Er sprach zwar etwas Englisch, doch war er am Anfang scheu und verschlossen. Und als er zutraulicher wurde, hütete man sich, ihn um die Vergangenheit zu fragen, damit nicht mit der Erinnerung auch die Sehnsucht nach Freiheit im ihm erwachen möge. Übrigens war er still und folgsam. Von häuslichen Geschäften wandte er sich mit Stolz ab, war aber sehr geschickt zur Pflege des Viehes, sonderlich der Pferde, und ging nun auch mit der kleinen Berta Hill, die er ritterlich beschützte, in die Schule.

Diese bunte Schar zu unterrichten und im Zaum zu halten, war gewiß nichts Kleines; doch erfüllte Tante Marie ihre Aufgabe meisterlich. Zwar hätte sie wohl kaum ein modernes Examen bestehen können, und an ihrer Methode würde man heute manches auszusetzen haben. Damals aber war man zufrieden und dankbar, wenn die Kinder das lernten, was sie wirklich fürs Leben brauchten, und dabei zu Gottesfurcht und guten Sitten erzogen wurden. So oft wie möglich kam auch ihr Bruder aus der Stadt ihr zu Hilfe, um besonders die größeren Knaben etwas weiter zu fördern und ihnen Aufgaben zu stellen, an denen sie bis zu seinem nächsten Besuch arbeiten konnten. Die meisten Kinder lernten mit Lust und Eifer, betrachteten die Schule als eine Erholung von der schweren Arbeit des Sommers und machten schnelle Fortschritte.

Jubelnd wurden Martin und Lenchen von ihren Mitschülern empfangen und hatten sich in wenigen Tagen in das Schulleben eingewöhnt. Es ging auch gar lustig zu in den Freistunden, wo die ganze Schar hinaus in den Wald laufen, springen, haschen und sich verstecken, auf Bäume klettern und sich im Gras oder auch im Schnee wälzen durfte nach Herzenslust. Und erst die Mittagspause! Darauf freute man sich schon den ganzen Vormittag. Da ging Tante Marie hinüber zu Hills. Aber von den Schulkindern wohnten nur wenige nahe genug, um zum Essen nach Hause zu laufen. Die meisten tafelten im Schulzimmer. Da wurde in dem großen eisernen Ofen das Feuer wacker geschürt, auf die breite Platte stellte man die Töpfchen mit Kaffee, aus den Körbchen wurden Butterbrot, Kuchen, Äpfel, Wurst und Schinkenscheiben hervorgeholt, und an eines Königs Tafel konnte es nicht besser schmecken. Auch die Pferdchen wurden nicht vergessen. Solange das Wetter gut war, wurden sie draußen an die Bäume gebunden; ja, die zahmsten liefen sogar frei umher und stellten sich von selbst zur rechten Zeit wieder ein. Wenn es aber anfing zu schneien und zu stürmen, was indes selten vor Weihnachten geschah, standen sie dicht gedrängt in einem niedrigen Stall, der wohlgeschützt im Gebüsch stand, und wieherten lustig, wenn ihre kleinen Herren sie mittags besuchten, ihnen die Futterbeutel umhingen und sie wohl auch mit Resten der eigenen Mahlzeit erfreuten.

Da machten auch Weißfüßchen und Sternchen Bekanntschaft miteinander und gewannen sich beinahe so lieb wie ihre Herren Martin und Georg, die in der Schule nebeneinander saßen und sich täglich inniger aneinanderschlossen. Martin hatte schon in Deutschland guten Unterricht genossen, und seine Lust zum Lernen war so groß, daß er bald fast in allen Stunden den ersten Platz einnahm. Georg war lange nicht so fleißig, dafür aber so begabt, daß es ihm fast immer gelang, mit Martin gleichen Schritt zu halten.

»Weißt du, was ich möchte?« sprach Martin eines Tages zu Ernst. »Ich möchte, daß ich und Georg solche Freunde würden wie du und Richard.«

»Das wäre wohl schön!« erwiderte Ernst. »Aber ich glaube es nicht.«

»Aber warum denn nicht? Denkst du, daß ich nicht treu sein werde?«

»Du wirst gewiß treu sein, aber Georg wird es vielleicht nicht sein. Verlaß dich nicht zu fest auf ihn und laß dich nicht so sehr von ihm leiten. Ich habe euch oft beobachtet. Wenn ihr zusammen lernt oder spielt, da befiehlt er immer, und du gehorchst, obgleich du älter und stärker bist als er.«

»Ja, siehst du, er ist so klug! O, du glaubst nicht, wie klug er ist, wie schön er erzählen kann, und wie leicht er lernt! Er hat mich ja auch so lieb, da kann ich ihm doch ein bißchen nachgeben.«

»Gewiß, nachgeben ist schön, aber doch nicht immer. Warum kamst du denn vorgestern so spät aus der Schule, als es schon ganz finster war und die Mutter sich sehr um euch ängstigte?«

»Ach, davon mußt du nicht wieder anfangen! Georg hatte mich so sehr gebeten, nur auf ein Weilchen mit zu ihm zu kommen; er wollte mir seine neue Flinte zeigen.«

»Und deshalb machtest du den weiten Umweg, obgleich Lenchen fror und müde vom Reiten war?«

»Ja, das sagte ich auch. Aber er nannte mich ein Baby und sagte, ich fröre wohl selber und fürchtete mich im Finstern. Er ist eben schon so männlich, daß ich ihm nicht widerstehen kann.«

»Nein, mein Lieber«, sagte Ernst mit Nachdruck, »er ist im Gegenteil sehr kindisch und will immer nur seinen Willen durchsetzen. Du aber mußt männlicher werden, das heißt, du mußt die Kraft haben, ihm zu widerstehen in allem, was unrecht ist, und darfst dich nicht fürchten vor seinem Nekken und Prahlen. Damit wirst du ihm auch deine Freundschaft am besten beweisen.«

Martin schwieg. Er fühlte wohl, daß Ernst recht hatte;

nahm sich auch vor, ihm zu folgen. Aber er dachte doch, daß niemand seinen Georg recht zu schützen wisse; er war doch gar so klug und lustig, so schön und freundlich und sein bißchen Necken war ja nicht böse gemeint.

Unter Arbeit und Spiel nahte das Weihnachtsfest heran. Es fing an kalt zu werden. Die Arbeit im Freien war getan, länger und länger wurden die Abende, an denen die ganze Familie in der freundlichen Küche um den Tisch saß. Da wurde fleißig gelernt und auch gelehrt, denn Lissy Miller, die ein häufiger Gast war, hatte sich Martin als Schülerin aufgedrungen, und es sah rührend aus, wenn das große schöne Mädchen mit der Tafel in der Hand sich emsig bemühte, seine Vorschrift nachzuschreiben oder einfache Exempel auszurechnen.

An einem solchen Abend wurden alle erschreckt durch einen tiefen Seufzer, der sich aus Hänschens Brust rang. Der kleine Kerl saß da mit aufgestützten Ärmchen, träumerisch ins Licht schauend; das Spielzeug lag unberührt vor ihm.

»Was fehlt dir denn, Hänschen?« fragte die Mutter besorgt. »Tut dir der Hals wieder weh?«

»Ach nein, mir tut nichts weh; ich habe Sorgen!«

Alle lachten. Aber Hänschen rief entrüstet:

»Ihr braucht gar nicht zu lachen, ihr kriegt auch alle nichts zu Weihnachten. Wir sind ja so weit fortgezogen, da kann uns gewiß das Christkind nicht finden. Und einen Christbaum gibt's auch nicht einmal; hier wächst ja gar keiner.«

Übermannt von diesen traurigen Aussichten legte Hänschen seinen Kopf auf den Tisch und schluchzte. Lenchen aber umschlang ihn und sagte:

»Sei still, Hänschen! Das Christkind ist ja im Himmel, das sieht uns auch hier und kann uns was Schönes herunterschikken. Und Tante Marie hat gesagt, wir sollen alle am Weihnachtsabend in die Kirche kommen, du auch mit; da soll es sehr schön werden. Du mußt nur dein Weihnachtslied schön lernen, dann wird alles gut.«

»Ich will dir auch was verraten, Hänschen«, sagte Ernst. »Du hast dich so sehr gewundert, daß ich jetzt alle Sonntage fort bin und erst heimkomme, wenn du schon schläfst; da bin ich beim Christkind gewesen und habe ihm geholfen schöne Sachen für euch zu machen.«

So kam der heilige Abend heran. Einige Tage vorher war der Vater in die Stadt gefahren und hatte einen geheimnisvoll verdeckten Korb mitgebracht, aber ein Baum war zu der Kinder großer Betrübnis nicht ins Haus gekommen. Bei einbrechender Dunkelheit wurde der Wagen gerüstet, und alle machten sich auf den Weg zur Kirche. Ernst war schon am Vormittag dahin gegangen; er mußte ja dem Christkindchen helfen. Es war nicht sehr kalt, eine leichte Schneedecke lag über der Erde, und vom Himmel blickten Mond und Sterne friedlich herunter auf die stille heilige Nacht.

Auch die Kinder waren still, es war ihnen feierlich und erwartungsvoll zumute. Es war so anders als in früheren Jahren, wo die Eltern in dem schönen Zimmer die Bescherung gerüstet hatten, und sie mit den Knechten und Mägden in langer Reihe hereingekommen waren, die Gaben in Empfang zu nehmen. Aber schön war es doch, so in die Christnacht hineinzufahren. Das fühlte auch Martin, der leise zu Lenchen sprach:

»Mir gefällt es heute besser als sonst zu Weihnachten; es ist der wirklichen Christnacht ähnlicher. Sieh unsere kleine Schule dort! So hat vielleicht der Stall in Bethlehem ausgesehen.«

Eben kamen sie an; sie waren die Ersten. Die Erwachsenen durften gleich ihre Plätze in der Kirche einnehmen, die Kinder aber mußten in der Schule warten, wo nur ein kleines Lichtlein brannte. Bald waren alle versammelt und wurden von Tante Marie in einen Zug geordnet, Martin und Georg voran, die große brennende Kerzen trugen, mit Immergrün umwunden. So zogen sie herüber in die Kirche, und die hellen Kinderstimmen sangen in die Waldeinsamkeit:

»Nun singet und seid froh,
Jauchzt all und saget so:
Unseres Herzens Wonne
Liegt in der Krippen bloß,
Und leucht' doch als die Sonne
In seiner Mutter Schoß.«

Aus der geöffneten Kirchtür strahlte ihnen ein Lichtmeer entgegen. Ja, da stand vor dem Altar ein Christbaum, so groß und schön, wie sie noch keinen gesehen hatten! Zwar war es kein heimischer Tannenbaum, sondern eine schlanke Zeder, aber an seinen Zweigen hing ja alles, was Kinderaugen erfreute: Lichter, Engelein mit goldenen Flügeln, Sterne und Sonne von Gold und Silber, Äpfel und Nüsse und bunte Zuckerwaren. Aber was stand denn dort in der Ecke? Da war ja wirklich der Stall von Bethlehem, von Rinden und Moos so natürlich aufgebaut. Da lag das Christkind in der Krippe, da waren Maria und Joseph, die Hirten und die Engel: alles so schön gemalt und ausgeschnitten, daß man sich nicht satt daran sehen konnte. Und ringsherum weideten die Schäfchen im grünen Moos. Darüber aber strahlte der helle Stern, und in der Ferne sah man schon die drei Könige aus dem Morgenland auf stattlichen Pferden heranziehen. Nachdem nun die Kinder alles betrachtet hatten, durften sie in Liedern und Geschichten die frohe Botschaft verkünden:

»Euch ist heute der Heiland geboren.« Da flossen über manches rauhe Farmergesicht Tränen der Rührung und Freude, und manches Herz wurde weich, das sich in Sorgen der Erde verhärtet hatte. Alle hatten laut und richtig auf die Fragen des Pastors geantwortet, dessen Gesicht an diesem Abend von kindlicher Weihnachtsfreude strahlte.

»Nun«, sagte er am Schluß, »ihr habt recht schön vom Christkind erzählt und gesungen. Soll es euch denn auch etwas bringen?«

»Ja, ja!« riefen die Kleinen; die Größeren schwiegen bescheiden.

»So mach' einmal die Tür auf, Lenchen; vielleicht hat es einen Engel herabgeschickt, der euch was bringt.«

Schüchtern erhob sich Lenchen und ging nach der Tür zu. Da sprang diese von selbst auf, und lieblicher Gesang einer sanften Stimme erschallte draußen:

»Vom Himmel hoch da komm ich her,
Ich bring' euch gute neue Mär;
Der guten Mär bring' ich so viel,
Davon ich sing'n und sagen will.

Euch ist ein Kindlein heut' geborn
Von einer Jungfrau auserkorn
Ein Kindelein so zart und fein;
Das soll eur' Freud' und Wonne sein.«

Ja, da kam wirklich ein Engel, lieblich anzuschauen, im weißen langen Gewand, mit goldenen Flügeln und mit so freundlichem Gesicht, von blondem Haar umrahmt, einen Kranz von Immergrün auf dem Kopf. Er trug aber einen schweren Korb, den er vor dem Christbaum niedersetzte, und nun fing er an auszuteilen die herrlichsten Dinge, die es nur in der Welt geben konnte. Da gab es Püppchen und Pferdchen, Nähkästchen und Bilderbücher, Trompeten und Pfeifen, Federbüchsen und Bälle. Und was das Merkwürdigste war: der Engel mußte alle Kinder kennen; denn an jedem Geschenk hing ein Zettelchen mit dem Namen des Empfängers, und es war immer gerade das, was jedes sich gewünscht hatte. Endlich war der Korb leer, nur ein ganz kleines Paketchen lag noch darin. Das verschenkte aber der Engel nicht, sondern behielt es in der Hand, als er leise die Kirche wieder verließ.

Die Lichter am Christbaum waren verloschen, und alle bestiegen wieder die Wagen zur Heimfahrt. Nur der Pastor verweilte noch in der Kirche, um einiges zu ordnen. Da sah er einen kleinen Knaben vor der Krippe stehen, wo noch ein einziges Lichtlein brannte; es was Sancho.

»Was tust du noch hier, mein Kind?« fragte der Pastor freundlich. »Willst du dir das Christkind noch einmal ansehen?«

»Ist das wirklich der Sohn des großen Geistes?« fragte Sancho, auf das gemalte Jesusknäblein zeigend.

»Jawohl, das ist ein Bild von ihm. Du mußt ihn aber nicht den großen Geist nennen, sondern den lieben Gott, den Vater im Himmel.«

»Wurde es ihm nicht schwer, so ein kleines, schwaches Kind zu werden, da er doch so stark und mächtig war?« fragte Sancho.

»Nein, es wurde ihm nicht schwer; er tat es, weil er uns so lieb hat. Du hast ja vorhin den Spruch so schön gesagt: ‚Also hat Gott die Welt geliebt.'«

»Ja, die Welt!« unterbrach ihn der Knabe. »Aber sind das nicht nur die weißen Leute? Hat Gott auch den braunen

Sancho geliebt?«

»Ja gewiß, mein Kind! Er liebt auch Sancho und sein ganzes Volk. Auch für ihn ist er ein kleines Kind geworden, damit Sancho in den Himmel kommen kann, wenn er nur an ihn glaubt.«

»Sancho glaubt an ihn! O, er liebt ihn auch; er liebt ihn sehr!« sagte der Knabe leise und eilte dann in flüchtigen Sprüngen hinaus zu seinen Freunden.

Als Martin und Ernst nebeneinander auf dem Wagen saßen, flüsterte Martin:

»Weißt du wohl, wem der Engel recht ähnlich sah? Ich meine Lissy Miller!«

»Ach was fällt dir ein!« erwiderte Ernst. »Wie sollte Lissy einem Engel ähnlich sehen?«

Als aber Lissy am ersten Feiertag Werners besuchte, trug sie auf dem blauen Sonntagskleid ein feines silbernes Kreuzchen, das an einem Kettchen um ihren Hals hing.

»O, wer hat dir denn das schöne Ding geschenkt?« fragte Hänschen.

»Das Christkind!« antwortete Lissy, indem sie sich niederbeugte, den Kleinen zu küssen. –

Nach Weihnachten zog der Winter nun wirklich ein; es schneite und stürmte gewaltig, so daß Lenchen manchen Schultag versäumen mußte. Martin aber ließ sich durch kein Wetter abschrecken, lernte sehr fleißig und wurde dabei frisch und kräftig, munter und fröhlich.

An einem recht kalten Morgen war Tante Marie aber unter ihre kleine Schar getreten, als Robert Becker, ein zarter, etwas ängstlicher Knabe, atemlos und verstört zur Tür hereinkam und mit dem Ausruf: »Ein Wolf ein Wolf; ich habe einen Wolf gesehen!« sein Gesichtchen in den Schoß der Lehrerin verbarg.

»Wo hast du ihn denn gesehen?« fragte diese, ihn freundlich aufrichtend.

»Gar nicht weit von hier, in der Mitte zwischen unserem Haus und der Schule, da lief er im Wald neben dem Weg hin, und ich fürchtete mich so, daß ich in einen hohlen Baum kroch und ganz lange darin blieb; darum komme ich auch so spät, und darum bin ich so kalt.«

»Nun, so setze dich zum Ofen, du kleiner Hase!« sagte Tante Marie lächelnd. »Du wirst wohl einen großen Hund gesehen haben und hast dich in deinem hohlen Baum unnötig geängstigt.«

»Nein!« rief der Kleine beleidigt. »Ich weiß, wie ein Wolf aussieht; in meinem Bilderbuch ist einer, der Rotkäppchens Großmutter frißt. O, er wird mich auch fressen; ich komme nicht wieder in die Schule!«

»Und wenn es auch ein Wolf ist«, beruhigte die Lehrerin, »so frißt er dich gewiß nicht. Denn die amerikanischen Wölfe, von denen sich freilich manchmal einer in unsere Gegend verirrt, sind viel kleiner und nicht so wild wie die russischen, von denen ich euch neulich erzählte. Sie greifen nie Menschen an, und jeder Schuljunge, der ein bißchen mehr Mut hat als unser Robert, kann so einen Wolf mit einem Stock oder schon mit tüchtigem Geschrei in die Flucht jagen. Darum fürchtet euch nur nicht, ihr Kinder! Bleibt hübsch auf den betretenen Wegen und entfernt euch beim Spielen nicht zu weit vom Schulhaus. Vor allem aber verwahrt eure Hühnerställe des Nachts recht gut; denn für Hühner und Gänse, selbst für die unbeholfenen jungen Schweinchen, ist der Wolf ein gar gefährliches Tier.«

In der Mittagstunde bildete natürlich der Wolf den Gegenstand des Gesprächs, und Robert malte ihn so fürchterlich aus, mit bösen, funkelnden Augen und einem langen zottigen Schwanz, daß die Kleinen sich doch recht fürchteten und schlechtes Wetter herbeiwünschten, um die Schule versäumen zu dürfen. Es vergingen indes mehrere Tage, ohne daß irgend jemand den Wolf gesehen hatte. Das Wetter war schön und sonnig, und bald spielten die Kinder wieder sorglos auf dem freien Platz hinter der Schule; ja, auch Tante Marie meinte, Robert werde wohl einen großen Hund gesehen haben.

Da trat eines Morgens, als der Unterricht schon begonnen hatte, Georg verspätet ins Schulzimmer, und zwar mit der Flinte auf der Schulter.

»Was fällt dir ein, Georg?« redete ihn die Lehrerin an. »Weißt du nicht, daß es euch streng verboten ist, bewaffnet zur Schule zu kommen, seit Bill Anderson den schwarzen Sam mit dem Dolchmesser gestochen hat?«

»Unser Knecht hat gestern abend ganz deutlich den Wolf gesehen«, entschuldigte sich Georg, »da dachte ich ...«

»Einerlei, was du dachtest«, entgegnete Marie ernst; »du hast hier nur zu gehorchen. Stelle die Flinte hier neben mich in die Ecke. Und ich rate euch, daß keiner sie anrührt, der nicht streng bestraft sein will.«

In der letzten Stunde des Vormittags saßen die älteren Kinder fleißig über ihren Geographiebüchern, während die Kleinen sich draußen im Schnee tummelten. Da erscholl plötzlich ein schreckliches Geschrei, und mit dem Rufe: »Der Wolf, der Wolf!« stürzte die ganze Schar zur Tür herein, hinfallend und übereinander kullernd, so daß es der herbeieilenden Lehrerin nur schwer gelang, die Tür wieder zu schließen. Alle sprangen an die Fenster. Wirklich, da stand der Wolf nur wenige Schritte von der Schule entfernt, vielleicht ebenso erschreckt durch das furchtbare Geschrei der Kinder, wie diese durch seine Erscheinung. Da ward plötzlich eines der hinteren Fenster aufgerissen, ein Knabe sprang heraus und lief auf den Wolf zu; es krachte ein Schuß, und das Tier lag tot am Boden. Georg hatte dem Hühnerräuber ein schnelles Ende bereitet.

Nun eilten alle hinaus, den Getöteten zu besehen. Es war allerdings ein merkwürdig großes Exemplar seiner Art, und die scharfen Schneidezähne sowie die lange rote Zunge sahen jetzt noch schrecklich genug aus. Georg hatte vortrefflich gezielt, denn die Kugel war mitten durch den Kopf gegangen, so daß selbst die Lehrerin den Meisterschuß lobte. Die Kinder aber feierten Georg als einen Helden und nährten damit seine Eitelkeit auf recht gefährliche Weise. Besonders der kleine Robert wäre seitdem für ihn durchs Feuer gegangen, weil er den bösen Wolf totgemacht hatte, der ihn sonst gewiß noch gefressen hätte.

Auch Frau Braun war entzückt von dem Heldenmut und der Geschicklichkeit ihres Sohnes und ließ ihm aus dem Wolfsfell einen hübschen Teppich vor sein Bett machen, auf den er sich nicht wenig zugute tat. Der Vater aber lachte und sagte:

»Wenn du nichts weiter kannst, Junge, als so'n lütt Wölfken totscheiten, so swig man rein still und lat dich nich utlachen.«

Georg fand es aber angenehmer, für diesmal die Ansicht der Mutter zu teilen als die des Vaters, und war zuweilen recht übermütig; besonders seit ihn die Mutter häufig mit in die Stadt nahm, wo sie die Bekanntschaft einiger amerikanischen Familien gemacht hatte, die für vornehm galten, weil sie sich fein kleideten, sehr gut aßen und in schönen Häusern wohnten.

An einem Freitag nach der Schule sprach Martin zu Georg:

»Sonntag ist mein Geburtstag, da werde ich zwölf Jahr. Da sollst du gleich nach der Kirche zu uns kommen; wir wollen ihn recht schön feiern. Und damit wir den Abend genießen können, sollst du gleich bei uns schlafen; wir gehen dann Montag früh zusammen zur Schule. Wird das nicht schön werden?«

»Ja, sehr schön!« rief Georg erfreut. »Da muß uns Ernst wieder erzählen, wie sie Indianer gespielt haben, und wie es denn wirklich im Urwald war. O, ich freue mich auf den Sonntag! Ich danke dir, daß du mich einlädst.«

Der Sonntag kam. Martin saß beizeiten in festlicher Stimmung auf seinem Platz in der Kirche und hielt streng darauf, daß neben ihm freier Raum blieb, damit der Freund sich zu ihm setze. Aber kein Georg erschien; auch Elli fehlte auf der Seite der Mädchen. Zum erstenmal war Martin nicht ganz aufmerksam. Was konnte nur geschehen sein? Endlich war die Kirche aus, und er eilte ins Freie. Da schwang sich eben Herr Braun auf sein Pferd, er war allein gekommen.

»Wo ist Georg?« rief ihm Martin zu.

»Der ist schon zeitig früh mit meiner Frau und Elli in die Stadt gefahren zu Tompsons; es ist Frau Tompsons Geburtstag, da gibt sie eine Gesellschaft.«

»Aber es ist ja auch mein Geburtstag!« rief Martin entrüstet. »Ich hatte ihn schon vorgestern eingeladen.«

Indessen waren auch Werners hinzugetreten und sprachen ihr Mißfallen über Georgs Betragen aus. Herrn Braun tat es sichtlich leid, er strich Martin über den Kopf und sagte:

»Sei nicht traurig, mein guter Junge! Ich hab' es gar nicht gewußt, daß dein Geburtstag war; sonst hätt' ich Georg nicht erlaubt, in die Stadt zu gehen.«

»Ich würde Ihnen überhaupt raten«, fiel Herr Werner ein, »den Umgang mit Tompsons nicht zu begünstigen. Ich fürchte, Tompson ist im Grunde ein Wucherer, der sein großes Vermögen gar nicht ganz ehrlich erworben hat. Auch hält sich die Familie zu keiner Kirche, und die Kinder sind verschwenderisch und übermütig.«

»Ich weiß wohl«, antwortete Braun mit einem Seufzer, »ich sollte es nicht leiden, daß meine Fiekchen dem vornehmen Volk nachläuft. Wenn ich aber denke, wie schwere Zeiten sie mit mir durchgemacht und was für 'ne harte Jugend sie gehabt hat, so kann ich ihr eben nichts wehren, was ihr Vergnügen macht. Und sehen Sie«, fuhr er leise fort, »es schmeichelt ihr, wenn so vornehme Leute sich um sie kümmern.«

Wenn der gute Braun gewußt hätte, daß Frau Tompson eigentlich eine ehrliche Deutsche war, in ihrer Jugend das kümmerliche Brot einer Fabrikarbeiterin gegessen hatte und jetzt, seit sie den reichen Schwindler geheiratet, sich so stellte, als könne sie ihre Muttersprache nur schwer sprechen und verstehen, würde sein Respekt vor solcher Vornehmheit wohl sehr gesunken sein.

Martin fuhr traurig nach Hause. Die Eltern und Ernst bemühten sich, ihn zu zerstreuen, spielten am Nachmittag mit den Kindern und erzählten abends die schönsten Geschichten; doch gelang es ihnen nur halb. Die Untreue des Freundes ging dem armen Jungen tief zu Herzen, obgleich er wenig davon sprach, auch nicht leiden wollte, daß man übel von Georg redete.

Am Montag fehlte dieser in der Schule, was jetzt zum Verdruß der Lehrerin nicht selten geschah. Am Dienstag aber traten beide fast zu gleicher Zeit ins Schulzimmer.

»Warum bist du denn Sonntag zu Tompson gegangen statt zu mir?« rief Martin dem Freund entgegen. »Hast du die alte Frau Tompson lieber als mich?«

Georg hatte ein böses Gewissen und war daher gleich beleidigt.

»Was kann ich dafür?« erwiderte er. »Meine Mutter hatte die Einladung schon angenommen, als ich Freitag nach Hause kam.«

»Na, ohne dich wär's wohl auch noch gegangen; du bist ja viel jünger als Tompsons Kinder.«

»Ich werde aber dort ganz zu den Erwachsenen gerechnet. Es war eine große Gesellschaft; wir haben Eis gegessen und Wein getrunken, und ich habe auch eine Zigarre geraucht«, sagte Georg stolz, als hätte er eine Heldentat zu berichten.

»So! Darum kamst du wohl gestern nicht in die Schule und siehst heute noch so blaß aus? Ich möchte schon bei Tompsons gar nichts essen, es ist doch mit erschwindeltem Geld gekauft. Vater sagt, Tompson sei ein Wucherer; das ist etwas sehr Böses.«

»Ach, das versteht ihr nicht, ihr grünen Deutschen!«

Kaum war das verhaßte Wort über seine Lippen, so lag er auch schon am Boden, und im nächsten Augenblick waren die beiden in der hitzigsten Balgerei begriffen, die wohl je in dem kleinen Schulzimmer vorgekommen war.

Martin war entschieden im Vorteil, denn Georg war wirklich durch die ungewohnten Genüsse des Sonntags etwas geschwächt. Auch ließen es die andern Knaben, die in der letzten Zeit oft durch seinen Übermut zu leiden hatten, nicht an ermunternden Zurufen fehlen, und die Sache hätte vielleicht kein gutes Ende genommen, wenn nicht eben die Lehrerin eingetreten wäre. Im Nu waren beide aufgesprungen und saßen auf ihren Plätzen, atemlos, verstört und reichlich mit Staub bedeckt, auch mit einigen blauen Flecken verunziert. Tante Marie ahnte wohl den Zusammenhang der Sache, doch mischte sie sich nie ohne Not in die Streitigkeiten der Kinder.

Das war ein trauriger Schultag. Dicht nebeneinander saßen

die beiden, und doch tat jeder, als sei der andere nicht da, was immerhin seine Schwierigkeiten hatte. Mittags verzehrte der kleine Robert das schöne Stück Apfelkuchen, das in Martins Korb gelegen hatte, während dieser stumm in einem Winkel saß. Georg aber brachte die Mittagstunde im Stall zu, wo er sein Essen mit Sternchen teilte, Weißfüßchens Kopf aber zornig zurückstieß, als es auch an der Mahlzeit teilnehmen wollte. Es tat der Lehrerin doch leid, als sie merkte, daß ihre beiden besten Schüler sich am Nachmittag noch nicht versöhnt hatten; doch ließ sie sie gewähren und schrieb nur als Vorschrift für die Kleinen den Spruch an die Wandtafel. »Lasset die Sonne nicht über eurem Zorn untergehen.« Martins Exempel wollten an diesem Nachmittag gar nicht richtig herauskommen; es fiel manchmal, ohne daß er's wollte, eine Träne auf die Tafel, die das mühsam Gerechnete wieder verlöschte. Aber als die Schule aus war, war auch sein Kampf ausgekämpft. Georg sattelte eben mit grimmigem Gesicht sein Sternchen, da legte Martin die Hand auf seine Schulter und sagte:

»Sei mir doch nicht böse, Georg, daß ich so heftig war; es tut mir sehr leid. Laß uns doch wieder Freunde sein.«

Georg aber stieß die Hand zurück und schwang sich in den Sattel. Da zeigte Martin stumm mit ausgestrecktem Arm in die Sonne, die rot und feurig sich zum Untergang neigte. Und Georg verstand ihn, bot ihm die Hand und sprach:

»Du bist besser als ich, Martin; ich bin ja an allem schuld. Sei mir nur wieder gut, ich will nie mehr zu Tompsons gehen.«

»Das kannst du nicht versprechen, du mußt ja hingehen, wenn deine Mutter es will. Aber nenne mich nicht mehr einen grünen Deutschen; denn ich liebe mein Vaterland und mag es nicht verspotten hören.«

Georg versprach es, und damit war der Friede geschlossen.

Der Rest des Schuljahres verstrich für die beiden Knaben in ungestörtem Beisammensein, bis der Frühling eintrat und das Schulhäuschen im Wald wieder verlassen stand.

6 Sommers Leiden und Freuden

An einem schönen Maientage kamen die Kinder zum letztenmal aus der Schule heimgeritten; sie freuten sich der Freiheit und machten allerlei Pläne, was sie in den Sommermonaten spielen und ausführen wollten. Denn seit Ernst da war, sorgte er immer dafür, daß ihnen ein Erholungstündchen blieb.

»Warum mag die Mutter wohl nicht an der Küchentür stehen?« sagte Lenchen. »Sie schaut doch sonst immer nach uns aus.«

»Ei, sie wird wohl schon das Abendbrot kochen«, meinte Martin; »wir kommen ja heute viel später nach Hause, weil wir erst alles aufräumen mußten. Du hast ja auch noch zehnmal Abschied genommen von Tante Marie und Berta Hill. Lauf nur immer hinein, während ich Weißfüßchen versorge.«

Drinnen war alles still. Hänschen saß in einem Winkel der Küche auf seinem Bänkchen und malte auf der Schiefertafel.

»Wo ist denn die Mutter, Hänschen? Und warum bist du nicht draußen bei dem schönen Wetter?« fragte Lenchen.

»Pst, Lene! Wir sollen ganz still sein; die Mutter liegt im Bett. Ich soll hier sitzen und aufpassen, daß niemand zu ihr geht. Vater ist zu Millers geritten, er holt Lissy. Rate einmal, was ich male«, sagte der Kleine, indem er auf seiner Tafel ein unkenntliches Bildnis vorzeigte.

»Ach, das ist mir einerlei!« entgegnete die Schwester. »Wenn die Mutter krank ist, darf ich doch gewiß zu ihr; ich muß ihr dann doch helfen.«

»Nein, du sollst nicht, du darfst nicht«! sagte Hänschen, und stellte sich mit seinen stämmigen Beinchen so fest vor der Tür auf, daß Lenchen sich vergebens bemühte, ihn wegzuziehen.

»Lenchen, mein Kind, komm doch zu mir!« tönte der Mutter sanfte Stimme aus der Kammer. »Laß sie nur herein, Hänschen; der Vater erlaubt es auch.«

Ängstlich trat Lenchen in die verdunkelte Stube.

»Bist du krank, meine liebste Mama?« sagte sie, sich zärtlich über das Bett beugend.

Aber was war denn das? Da lag ja neben der Mutter ein kleines Kindchen, nicht viel größer als Lenchens Mally. Es hatte dunkle, ganz weiche Härchen und so hübsche runde Händchen, die es fest gegen das schlafende Gesichtchen drückte.

»Sieh«, sagte die Mutter, »das ist dein Brüderchen!« Der liebe Gott hat es heute früh vom Himmel geschickt. Willst du es nun recht liebhaben und mir helfen, es warten und pflegen?«

»O liebe, liebe Mama, wie froh bin ich!« erwiderte Lenchen. »Wie lieb und herzig ist das Brüderchen! Und wie gut, daß die Schule aus ist! Nun kann ich immer bei ihm bleiben und es herumtragen und in den Garten fahren, wenn es erst heraus darf.«

Nun kam auch Martin herbei und war nicht weniger entzückt als Lenchen. Hänschen aber rief triumphierend:

»Ich hab' es doch zuerst gesehen, als es eben erst vom Himmel gekommen war.«

»Warum hast du mir's denn nicht gleich gesagt, daß wir ein Brüderchen haben?« fragte Lenchen.

»Du wolltest es ja nicht wissen. Ich hatte ja eben das Brüderchen abgemalt; da sagtest du, es wäre dir einerlei. Da hab' ich dir's nun gerade nicht gesagt.«

Nun kamen frohe Tage für die Kinder. Der kleine Richard,

so wurde das Brüderchen genannt, weil Ernst, der sein Taufpate war, es sehr wünschte, entwickelte sich ganz prächtig. Unbeengt von Betten und Wickelbändern hob er bald sein dunkles Köpfchen, lachte und strampelte lustig zur Freude der ganzen Familie. Die Kinder hatten alle ihre Ferienpläne vergessen und widmeten ihre freie Zeit nur dem Brüderchen, so daß die Mutter zu wehren hatte, daß sie es nicht durch stetes Herumtragen und Spielen verwöhnten. –

Die Weizenernte war vorüber. Der Vater, Ernst und Martin hatten alle Hände voll zu tun gehabt, sie einzubringen, denn sie war ungewöhnlich reich ausgefallen. Der Sommer war viel heißer als der erste, den Werners auf ihrer Farm verlebt hatten, und alle Feld- und Gartenfrüchte reiften ungewöhnlich schnell. Im Wald waren die schönen schwarzen Brombeeren in großer Menge vorhanden, und Martin und Lenchen machten sich eines Morgens auf, so viel davon zu pflücken, wie sie nur fortbringen konnten; denn die Mutter wollte sie als angenehme und gesunde Speise für den Winter einmachen. An Weißfüßchens Sattel wurden ein paar leichte Blecheimer befestigt, und die Kinder machten sich auf den Weg, um den ganzen Tag auszubleiben. Auf einer kleinen Waldwiese wurde das Pferdchen angebunden, um sich an dem frischen Gras gütlich zu tun, und nun ging's eifrig ans Pflücken.

Weiter und weiter entfernten sich die Kinder von dem bekannten Weg und fanden immer neue, reiche Plätze für ihre Ernte. Da hörten sie in der Nähe bekannte Stimmen; es waren Berta Hill und der kleine Sancho, die auch »in die Beeren« gegangen waren. Unter Lachen und Scherzen hatten die Kinder endlich ihre Gefäße gefüllt und wollten nun zu Weißfüßchen zurückkehren. Aber bald merkten sie, daß sie sich zu weit entfernt hatten; die Gegend war ihnen unbekannt, auch war nirgends ein betretener Weg zu sehen, so scharf auch Sancho mit seinen Falkenaugen danach ausblickte.

»Dort steigt Rauch auf zwischen den Bäumen«, sagte er endlich; »da ist gewiß eine Hütte, wo man uns zurechtweisen wird.«

Mühsam bahnten sie sich den Weg durch Schlingpflanzen und dichtes Gestrüpp und erreichten bald eine lichte Stelle des Waldes. Dort bot sich ihnen ein ganz eigentümlicher Anblick. Statt der Blockhütte, die sie zu sehen erwartet hatten, waren eine Menge niedrige Zelte aufgeschlagen, die einen geschlossenen Kreis bildeten, in dessen Mitte ein großes Feuer brannte. Seltsam gekleidete braune Gestalten huschten zwischen den Zelten hin und her, und ringsum im Wald war eine Anzahl halbnackter Kinder bemüht, trockenes Holz aufzusammeln zur Nahrung des Feuers.

»Das sind Zigeuner!« rief Lenchen. »Ich habe in Deutschland einmal welche gesehen, die waren auch so braun und zerlumpt.«

Da trat Sancho, der etwas zurückgeblieben war, aus dem Gebüsch. Kaum hatte er das Zeltlager erblickt, als er mit dem Ausruf: »Mein Volk! Da ist mein Volk!« mit flüchtigen Sprüngen dahin eilte.

»Indianer!« riefen Lenchen und Berta erschrocken. »O Martin, laß uns schnell fliehen! Sie werden uns umbringen wie den armen Richard.«

Damit klammerten sie sich zitternd an den Knaben und suchten ihn in den Schutz des Waldes zurückzuziehen. Martin aber, der auch nicht wenig erschrocken war, faßte sich bald und beruhigte die Mädchen.

»Das sind nicht so ganz wilde Indianer wie die in den Felsengebieten. Seht doch hin! Einige von ihnen tragen schon ganz ordentliche Kleidung; das ist ein Zeichen, daß sie schon lange unter den Weißen leben. Dort stehen auch viele Körbe voll Beeren, die haben sie gepflückt und wollen sie an Weiße verkaufen. Sie machen auch künstliche Sachen, Körbchen und Kästchen aus Leder und Stroh; das hat mir Ernst erzählt, der auf seiner Reise mehrere solcher Lager gesehen hat. Kommt nur! Wir wollen sie bitten, uns den Weg zu zeigen, und sehen, was aus Sancho geworden ist.«

Die kleinen Mädchen waren aber nicht zu bewegen, sich dem Lager zu nähern. Sie duckten sich furchtsam in das Gebüsch und sahen Martin nach, der beherzt vorwärts schritt. Da kam ihm auch Sancho schon entgegengesprungen, nahm ihn bei der Hand und zog ihn eilig in den Kreis der Zelte.

»Fürchte dich nicht, Martin«, sagte er, »sie tun dir nichts. Ich habe ihnen gesagt, daß du immer gut zu mir gewesen bist und mir beim Lernen geholfen hast, als mir's noch so schwer wurde.«

Schon waren sie von einer Schar Indianerkindern umringt, die sich lebhaft mit Sancho unterhielten in einer Sprache, die Martin nicht verstand, so daß er Zeit hatte, alles ringsum genau zu betrachten. Über dem Feuer hing ein riesiger eiserner Kessel, in dem eine braune, stark duftende Suppe dampfte, die ein altes Indianerweib eifrig mit dem langen Baumast umrührte.

»Das ist Schildkrötensuppe«, erklärte Sancho; »die hab' ich sonst immer so gern gegessen und viele, viele kleine Schildkröten dazu gefangen. Und dort werden Eichhörnchen gebraten«, fügte er hinzu, auf ein kleines Feuer zeigend, an welchem zwei schlanke Mädchen mit lang herabhängendem rabenschwarzen Haar lange Bratspieße drehten, an denen ganze Reihen der armen munteren Waldtierchen staken.

Es mochten im ganzen etwa dreißig bis vierzig Indianer sein, die Kinder abgerechnet, von denen viele in allen Größen hin- und herliefen. Die Männer lagen meist schlafend in den nach vorn geöffneten Zelten oder hockten, aus Tonpfeifen rauchend, vor denselben, während die Frauen alle mit irgendeiner Arbeit beschäftigt waren. Einige hackten Feuerholz klein, andere flochten Maisstroh oder stickten mit gefärbten Strohhalmen auf Leder; andere wieder fertigten höchst einfache Kleidungsstücke für etliche nackte Kinder, die augenscheinlich darauf warteten, sich gleich damit zu schmücken.

Am meisten fesselten jedoch Martins Blicke die zwei Häuptlinge der Bande, die vor dem größten Zelt einander gegenüber saßen, einer in eine blaue, der andere in eine feuerrote wollene Decke gewickelt, die schwarzen Haare bis auf die Schultern hängend, bunte Federkronen auf den Köpfen. So saßen sie regungslos, dicke Dampfwolken aus den kurzen Pfeifen blasend; neben jedem lag die Flinte und das blanke Jagdmesser. Ihren finsteren, verschlossenen Zügen sah man's an, daß sie sich bisher erfolgreich gegen alle Kulturen gesträubt hatten. Und die wilden Blicke, die sie nach dem weißen Knaben schossen, der sie aus scheuer Entfernung betrachtete, sagten deutlich, daß nur Klugheit und Furcht vor der Übermacht der Weißen sie abhielt, ihrer angeborenen Mordlust auch jetzt noch zu folgen. Einen freundlichen Anblick gewährten die kleinen Kinder, die ohne jede Bekleidung nur auf einer dünnen Schicht Moos oder Stroh in kleinen Holzkästchen lagen und mit Glöckchen, Schellen, bunten Glasstücken und allerlei solchen Dingen spielten, die von einem über das Kästchen gespannten Reifen herunterhingen. Auf der Wanderschaft banden sich die Mütter diese Kästchen auf den Rücken, so daß sie immer die Hände frei behielten zu den macherlei Geschäften, die ihnen die trägen Männer zumuteten.

»Nun komm, Sancho«, rief Martin endlich, »laß uns eilen; die Mädchen fürchten sonst, uns sei ein Leid geschehen. Hast du denn die Kinder um den Weg gefragt?«

»Der weiße Adler wird mit uns gehen, bis wir uns zurechtfinden«, erwiderte Sancho, auf einen kleinen Knaben zeigend, der sich alsbald aufmachte und so schnell vor ihnen herlief, daß sie kaum folgen konnten.

Nachdem sie Lenchen und Berta aus ihrem Versteck befreit hatten, bahnte der weiße Adler mit großer Sicherheit und Gewandheit einen Weg durch das dichteste Gestrüpp, ohne sich ein einziges Mal nach seinen Begleitern umzusehen, die stolpernd und häufig an Dornen hängen bleibend ihm nacheilten. Der Knabe war von dunkelbrauner Farbe mit dickem, rund um den Kopf verschnittenem Haar und glänzend schwarzen Augen. Seine ganze Kleidung bestand aus einem ärmellosen Hemdchen von buntem Kattun, das bis zum Knie reichte; um den Kopf trug er ein blaues Band, in dem eine weiße Adlerfeder steckte. Etwa nach einer halben Stunde hörten sie das Wiehern eines Pferdes und erkannten mit Freuden Weißfüßchens Stimme. Der weiße Adler blieb stehen, zeigte mit dem Finger nach der Richtung des Klanges, rief Sancho noch einige unverständliche Worte zu und war blitzschnell im Dickicht verschwunden. In wenigen Minuten erreichten die Kinder die Waldwiese und sanken erschöpft im weichen Gras nieder, um auszuruhen und sich an den mitgenommenen Speisen zu laben, die sie hier zurückgelassen hatten.

An diesem Abend hatten sie gar viel zu erzählen und waren ganz aufgeregt von ihrem Abenteuer. Die Mutter aber liebkoste und küßte sie immer von neuem und dankte Gott, daß er ihre Kleinen vor Gefahr behütet hatte; denn sie traute den braunen Waldmenschen nicht und fürchtete sich kaum weniger, als ihr kleines Lenchen es tat.

In der folgenden Nacht schien der Mond hell und freundlich auf das kleine Kirchlein im Wald. Tiefe Stille herrschte ringsumher. Da raschelte es im Gebüsch, und ein Knabe trat hervor. Er trug ein kleines buntes Büchlein in der Hand und blickte sich ängstlich um, ob ihm niemand folge. Ein Weilchen stand er still, sah bald auf das Kirchlein, bald nach dem Schulhaus herüber, das im Mondschein durch die Bäume schimmerte, dann stieg er die Stufen hinauf, die zur Kirchtür führten, kniete nieder, faltete die braunen Händchen und sprach halblaut:

»Lieber Heiland, ich will dir Lebewohl sagen, weil du hier wohnst. Du weißt, ich habe dich lieb; aber du weißt auch, daß ich fort muß. Ich will nicht; ich muß! Es ist etwas in mir, das mich forttreibt zu meinem Volk. Ich bitte dich, bleibe doch bei mir und behüte mich; denn die Tante sagt, du bist überall und kannst alles tun. Ich werde dich nicht vergessen; denn ich nehme das Buch mit, das du mir durch den Engel geschickt hast. Da steht von dir darin. O lieber Heiland, behüte doch Sancho und bringe ihn in den Himmel!«

Der Knabe stand auf, sah noch einmal ringsum, wischte mit der Hand die perlenden Tränen vom Gesicht und verschwand im Wald. –

Am andern Morgen war in Hills Haus große Trauer. Sancho war spurlos verschwunden. Man ahnte gar wohl den Zusammenhang. Herr Hill machte sich auch auf, das Indianerlager zu suchen, fand es aber abgebrochen und keine Spur von seinen Bewohnern. Verfolgung wäre nutzlos gewesen. Kann man doch ebensogut dem Zugvogel folgen wie diesem flüchtigen Wandervolk. Frau Hill war sehr betrübt. Der

Kleine war seit Weihnachten viel zutraulicher gewesen, so daß sie schon hoffte, in ihm Ersatz für ein frühverstorbenes Söhnchen zu finden.

Auch Martin und Lenchen dachten viel an den kleinen verlorenen Schulkameraden, bis sie durch näherliegende Sorgen davon abgelenkt wurden. Der Tag im Wald war der letzte schöne Sommertag gewesen, denn die Hitze stieg nun so hoch und die Sonne sendete solche Glutstrahlen nieder, daß alles zu verdorren und zu verschmachten drohte. Mit Sorge sah die Mutter jeden Morgen ihren Mann, Ernst und Martin an die Feldarbeit gehen, und war froh, wenn sie gegen Mittag heimkehren konnten, um die fast unerträglichen Nachmittagstunden unter dem schützenden Dach zu verbringen. Der arme kleine Richard aber neigte sein Köpfchen wie ein welkendes Blümchen; seine vollen Glieder magerten in wenigen Tagen ab, die glänzenden Äuglein wurden matt, und an Stelle des fröhlichen Lachens trat ein leises, ängstliches Weinen. Die bösartige Sommerkrankheit hatte ihn ergriffen, und da er keinerlei Nahrung genießen mochte, schwanden seine Kräfte so schnell, daß die Mutter oft fürchtete, Gott habe ihr das liebe Kind nur zu kurzer Freude geliehen und werde es bald wieder zu sich in den Himmel nehmen. Auch die Nacht brachte wenig Erquickung; denn wenn die müden Augen sich endlich schlossen, quälten Scharen von Moskitos den ermatteten Schläfer und jagten ihn von dem heißen Lager wieder empor. Oft zündete der Vater im Hof ein großes Feuer an, um durch den Rauch die lästigen Tierchen zu vertreiben, während die Mutter Decken auf der Veranda ausbreitete, daß die müden Kinder dort einige Stunden schlafen konnten. Es war eine schwere Zeit für alle, außer für Hänschen, der die Hitze gar nicht zu fühlen schien.

Richard lag bleich und abgezehrt in seinem Wägelchen,

aber wenn Lenchen ihn am frühen Morgen in den Garten fuhr, oder wenn ihn der Vater am Abend auf der Veranda herumtrug und ihm ein Liedchen vorsang, fingen seine blauen Augen wieder an freundlich zu leuchten und auf den schmalen Lippen spielte ein Lächeln, was Eltern und Geschwister mit unbeschreiblicher Freude erfüllte. Eines Morgens griff er, nachdem er gut geschlafen hatte, mit den mageren Händchen begierig nach der Milchflasche und leerte sie auf einen Zug, richtete dann das Köpfchen in die Höhe und verlangte in seiner Sprache nach Spielzeug.

Von da an erholte er sich zusehends, jeder Tag brachte einen Fortschritt, und bald verkehrte sich die schwere Sorge, die alle Herzen erfüllt hatte, in Freude und Dankbarkeit, und man ging mit neuem Mut an die vielen Geschäfte, die das Nahen des Herbstes nötig machte.

»Kinder«, sprach Frau Werner eines Tages, »ihr könnt heute nachmittag den großen Birnbaum schütteln, der mitten im Weideland steht, die Früchte sind reif und müssen herunter. Martin kann abends die gefüllten Körbe mit dem Wagen heimholen. Da es so schön kühl ist, dürft ihr Richard mitnehmen in seinem Wägelchen; denn ich habe mit der Wäsche zu tun. Nehmt euch nur in acht, daß keine Birnen auf ihn fallen, und gebt ihm ja keine zu essen.«

Fröhlich zogen die Kinder hinaus und machten sich eifrig an die Arbeit, während Richard in sicherer Entfernung im Schatten eines Strauches sein Mittagsschläfchen hielt. Martin saß oben im Baum und schüttelte die vollen Äste; Lenchen und Hänschen sammelten eifrig und ließen sich dabei die saftigen Früchte wohlschmecken. Schon hatten sie mehrere große Körbe gefüllt, als Richard zu schreien anfing. Lenchen eilte zu ihm, um ihm das mitgenommene Fläschchen zu reichen und ein Weilchen mit ihm zu spielen.

»Sieh mal, Hänschen«, rief Martin vom Baum herab, »dort in dem hohen Gras liegt noch ein ganzer Haufen Birnen, die mußt du noch auflesen.«

Der Kleine sprang nach dem bezeichneten Ort, aber plötzlich stieß er einen durchdringenden Schrei aus, und Martin sah mit Entsetzen, daß sich eine kleine grünschillernde Schlange um sein nacktes Beinchen geschlungen hatte. Im Nu war er vom Baum herunter, stürzte auf das Kind zu, riß mit festem Griff das gefährliche Tier von dem Beinchen, schleuderte es mit solcher Gewalt gegen den Baumstamm, daß ihm der Kopf zersprang, und trat es dann mit dem Absatz seines starken Lederschuhs vollends tot. Dann aber warf er sich neben Hänschen ins Gras und untersuchte sein Bein. O weh! Da war an dem kleinen runden Knie eine winzige scharfe Bißwunde, aus der einige Blutstropfen hervorquollen. Nur einen Augenblick besann sich der mutige Knabe, dann setzte er entschlossen seine Lippen an die Wunde und saugte mit aller Macht das vergiftete Blut heraus, solange nur ein Tröpfchen kommen wollte. Alles war so schnell gegangen, daß Lenchen, die auf das Geschrei herbeieilte, nun erst erfuhr, was eigentlich geschehen sei.

»Ach«, rief sie erschreckt, »wir wollen's doch der Mutter gar nicht erzählen. Sie wird sonst große Angst haben, und ich denke, nun ist alles wieder gut, da du die Wunde ausgesaugt hast.«

»Das kann man nicht wissen«, entgegnete Martin; »wir müssen es gleich sagen. Hänschen muß gewiß noch Arznei einnehmen, und ich vielleicht auch. Lauf' du aufs Feld, Lenchen. Vater und Ernst schneiden Zuckerkorn ab. Sage ihnen, was geschehen ist; ich will mit den Kleinen nach Hause gehen.«

Das war freilich ein großer Schreck für die arme Mutter, als sie hörte, in welch entsetzlicher Gefahr ihr liebes Hänschen gewesen war. Ach, und wer konnte wissen, ob nicht ein Tröpflein von dem vergifteten Blut zurückgeblieben war, oder ob Martins Lippen nicht einen kleinen Riß gehabt hatten, wodurch das Gift auch in sein Blut dringen konnte?

Da kam auch schon Ernst in schnellem Lauf herbeigeeilt, lief aber an der Küchentür vorbei in den Grasgarten und kehrte bald darauf zurück mit einer Handvoll dunkelgrüner Blätter.

»Hier, Mutter«, sagte er, »koche daraus schnell einen starken Tee; den müssen sie beide trinken, zur Hälfte mit Branntwein gemischt. Sie müssen sich gleich niederlegen, denn sie werden nach dem Trank ganz betäubt sein und gleich einschlafen. Dieses Kraut hat mich Peter Gläß kennen gelehrt, und ihm hat es ein alter Indianer gezeigt, dem er einmal zu essen gegeben hat. Als ich es neulich im Garten stehen sah, dachte ich nicht, daß wir's so bald brauchen würden.«

Eben trat der Vater herein, mit der toten Schlange in der Hand.

»Martin hat uns unser Hänschen gerettet!« sagte er bewegt. »Wenn er nicht gleich das Gift ausgesaugt hätte, kämen alle andern Mittel zu spät. Denn dies ist eine der giftigsten Schlangen, die es gibt.«

Darauf untersuchte er Hänschens Bein und Martins Lippen genau; da sich aber nirgends eine Geschwulst oder Entzündung zeigte, durfte man hoffen, daß die Gefahr vorüber sei. Doch bestand die Mutter darauf, daß beide noch ein großes Glas des starken Trankes zu sich nahmen, der alsbald seine Wirkung tat und die Kinder in einen festen Schlaf versenkte, der ununterbrochen bis zum andern Morgen andauerte.

Hänschen erwachte zuerst, war ganz munter und hatte

kaum noch eine Erinnerung an das Geschehen. Die Mutter nahm ihn jedoch auf den Schoß und erzählte ihm, was der gute Bruder für ihn getan hätte, und wie er ihm nun recht dankbar dafür sein müsse und ihn nie durch Neckerei und Übermut betrüben dürfe. Der Kleine hörte ernsthaft zu, setzte sich dann nachdenklich auf sein Bänkchen und fing endlich an, in seinen Spielsachen zu kramen. Zuletzt schien ihm der rechte Gedanke zu kommen; er nahm seinen Struwwelpeter, das schöne Buch, sein liebstes Besitztum, betrachtete es noch einmal zärtlich und legte es dann auf das Bett des schlafenden Bruders.

»Das will ich ihm schenken«, sprach er leise zur Mutter; »da wird er sich gewiß sehr freuen, wenn er aufwacht.«

Martin fand indes nichts besonders Rühmenswertes an seiner Tat und wollte nicht, daß weiter davon gesprochen wurde; es war ja so natürlich, daß er sich selbst vergaß, um das Brüderchen zu retten. Die Eltern hüteten sich auch, ihn durch vieles Loben in seiner Einfalt zu stören, dankten aber Gott im stillen für den braven Sohn.

Bei Hänschen war freilich die ernste Stimmung von kurzer Dauer. Da ihm sein Beinchen weiter keine Schmerzen machte, war bald alles vergessen, und der kleine Wildfang war überall und nirgends und setzte Eltern und Geschwister oft in Angst durch seine kühnen Unternehmungen. Doch war er ein rechtes Glückskind und kam überall gut durch, wo andere Schaden gelitten hätten.

Eines Tages waren die Eltern nach der Stadt gefahren, um einige nötige Kleidungsstücke einzukaufen, und hatten Richard mitgenommen. Ernst und Martin waren in der großen Scheune mit der Bereitung des erquickenden Apfelweins beschäftigt. Lenchen saß, sich der ungewohnten Ruhe freuend, auf der Veranda und nähte emsig an einer weißen

Schürze, mit der sie die Mutter zum Geburtstag überraschen wollte. Als die Küchenuhr vier schlug, sprang sie eilig auf, um den Brüdern das Vesperbrot zu bereiten, und lief bald mit einem Teller voll Butter und einem gefüllten Obstkörbchen nach der Scheune, wo sie aber nur Ernst und Martin vorfand.

»Ei, wo ist denn Hänschen? Ich dachte doch, er wäre bei euch?«

»Er war auch bis vor kurzem hier; dann lief er zur kleinen Tür hinaus, um Weißfüßchen Apfelstücke zu bringen.«

Geduldig ging Lenchen, den Kleinen zu suchen; er war jedoch nicht zu sehen, und auch Weißfüßchen fehlte unter den weidenden Tieren.

»Der böse Junge ist wieder fortgeritten«, seufzte die Schwester; »nun kann man wieder lange laufen und rufen und schreien, ehe man ihn findet.«

»Hans, Hans«, rief sie mit lauter Stimme, »komm zum Essen, komm zum Essen!«

Aber auch dieses sonst so mächtige Zauberwort wirkte nicht, und Hänschen blieb verschwunden.

»Ach, laß ihn doch laufen!« rief Martin aus der Scheune. »Wenn er Hunger hat, wird er schon hereinkommen; er ist vielleicht hinten im Obstgarten.«

Lenchen setzte sich wieder an ihre Arbeit, aber die Freude daran war vorüber. Wo mochte nur Hänschen sein? Es schlug fünf Uhr; Ernst und Martin hatten ihre Äpfel ausgepreßt und gingen hinaus, die Kühe zu melken. Das war Lenchens Hoffnung. noch nie hatte Hänschen versäumt, sich zu diesem wichtigen Geschäft einzufinden; gewiß würde er mit den drei besten Kühen heimkommen, die auf der äußeren Weide grasten. Da kamen sie langsam heran, hell klangen die Glöckchen an ihren Hälsen, aber kein Hänschen sprang hinterdrein. Nun wurden auch Ernst und Martin ängstlich. Sie liefen durch die Gärten, durch die nächsten Felder und Gebüsche und riefen nach dem Kleinen; es war alles umsonst. Lenchen weinte schon bitterlich und klagte sich an, daß sie zu eifrig genäht und zu wenig auf den Bruder geachtet habe. Es begann dunkel zu werden, die Eltern mußten bald zurückkommen. Was würden sie sagen, wenn ihr kleiner Junge verloren war? Beratend standen die drei im Hof. Sie hatten ja keine Ahnung, wo sie den Kleinen suchen sollten; er hatte sich noch nie weit vom Hause entfernt. Es war ihm auch streng verboten, sich über die Grenzen der Gärten und Wiesen hinauszuwagen.

Aber hörte man da nicht Pferdegetrappel durch die Abendstille? Ja, Gott sei Dank! Das waren Weißfüßchens Schritte. Und da kam es ja heran und trug eine kleine entsetzlich schmutzige Gestalt, in der man kaum das schmucke Hänschen wieder erkannte. Sein Gesicht, sein weißes Hemdchen, ja selbst seine Beine waren mit einer braunen Masse bespritzt, und auch das Pferdchen hatte sein Teil davon bekommen und sah sehr unappetitlich aus. Lenchen wollte ihn in überströmender Freude mit Liebkosungen empfangen, aber Ernst ließ es nicht zu.

»Warte, du Ausreißer!« rief er ihm zu. »diesmal werd' ich dich tüchtig ausklopfen; warum hast du uns so geängstigt?«

»Das kannst du gar nicht!« schrie Hänschen übermütig. »Ich bin viel zu klebrig, du kannst mich gar nicht angreifen.«

»Das wollen wir gleich sehen!« erwiderte Ernst, hob den Kleinen mit festem Griff vom Pferd und versetzte ihm einige so derbe Klapse, daß sein Lachen sich schnell in lautes Weinen verwandelte.

»Ach, ich kann ja nichts dafür! Ich konnte ja Weißfüßchen nicht umlenken, und dann schmeckte der Sirup so gut, daß ich alles vergaß. O bitte, bitte, laß mich los!«

»Nun, so erzähle schnell, wo du dich herumgetrieben hast, du kleiner Bösewicht«, sagte Ernst, mit Mühe das Lachen verbeißend. »Du siehst ja aus, wie aus dem Sirupfaß gezogen.«

»Ich wollte nur ein bißchen auf der Weide herumreiten, da lief Weißfüßchen auf den langen schmalen Weg, der nach Millers hinführt, und es lief immer weiter, und ich konnte es nicht umlenken, so sehr ich's auch an der Mähne zerrte. Dann sah ich Rauch aufsteigen und kam auf Millers große Wiese. Da war der schwarze Sam und kochte Sirup, und die Kinder waren auch alle da.«

»So! Und da bist du so lange geblieben? Sam konnte wohl Weißfüßchen auch nicht umlenken?«

»Ach, die Kinder freuten sich, daß ich kam! Und Willi nahm mich gleich herunter und zeigte mir alles. O, es war so hübsch! Wir steckten so viel Zuckerrohr in die Presse, und dann lief der Saft heraus wie aus einem Brunnen und kochte in vielen langen Pfannen. Und Sam schürte das Feuer und machte uns immer zum Fürchten, wenn wir zu nahe kamen.«

»Ja, woher bist du denn so klebrig? Den heißen Saft konntet ihr doch nicht essen.«

»Sie hatten aber schon gestern gekocht, und da standen viele große Töpfe mit fertigem Sirup. Da hat Mary Brot herausgeholt, und wir haben es hineingetaucht und sehr, sehr viel gegessen; ich mag heut' gar kein Abendbrot mehr. Weißfüßchen hat auch viel davon bekommen, und es hat ihm so gut geschmeckt.«

»Und diesen Sirup wollen sie in der Stadt verkaufen, wo ihr so drin herumgemanscht habt?« rief Martin entsetzt. »Das ist aber appetitlich!«

»Zuletzt kam Lissy heraus und erschrak, daß ich da war.

Da hat sie mich wieder aufs Pferd gehoben und ihm einen Klaps gegeben und gerufen: ‚Lauf heim, Weißfüßchen!' Da ist es sehr schnell heimgelaufen, daß ich kaum festsitzen konnte. Und nun, bitte, wasch' mich, gute Lene, und zieh' mich rein an, daß mich Papa nicht so schmutzig sieht.«

Dieser Wunsch wurde dem Kleinen zwar erfüllt, doch erzählte er noch vor dem Zubettgehen den Eltern freiwillig sein ganzes Abenteuer, worauf ihm der Vater sehr ernstlich verbot, wieder außerhalb des Hofes auf ein Pferd zu klettern.

»Wenn du gehorsam und brav bist«, sagte er zu ihm, »werde ich dich bald lehren, das Pferd zu regieren und lenken; dann magst du reiten, soviel du willst. Nun versprich mir, daß du mir folgen willst, damit wir uns auf dich verlassen können.«

Hänschen versprach es, und die Eltern waren beruhigt; denn was der kleine Mann einmal versprochen hatte, das pflegte er zu halten.

7 Der Sturm

Herr Braun fing an, die Beschwerden des Alters zu fühlen. Er hatte sein Leben lang ununterbrochen angestrengt gearbeitet. Und auch jetzt, da er ein reicher Mann war, legte er überall mit Hand an, nicht etwa aus Sucht nach Gewinn, sondern aus Lust und Liebe zum Schaffen. Während der großen Hitze hatte er sich aber oft matt und elend gefühlt und es schmerzlich empfunden, daß ihn, wenn er ermüdet vom Feld heimkam, keine freundliche Häuslichkeit empfing; denn seine Frau war mit den beiden Kindern nach einer Stadt an den Ufern des Michigansees gereist, um ihre dort verheiratete Tochter zu besuchen und zugleich der lästigen Hitze zu entfliehen. Sie bedachte nicht, daß die einfachste Speise, von der Hand der Frau oder Tochter bereitet, den Mann besser erquickt als die kostbarste Mahlzeit, die ihm die Köchin zurichtet und der Diener aufträgt. Wenn er des Abends so einsam auf seiner Veranda saß, dachte er oft mit Sehnsucht an die alten Zeiten, wo er an solchen Sommerabenden vor seinem Blockhäuschen gesessen hatte, neben ihm sein Fiekchen am Spinnrad, im einfachen Kattunkleid, um sie her die drei ältesten Kinder barfuß in dürftigen Kittelchen, aber fröhlich und zufrieden im Gras spielend. Da erwachte in ihm ein herzliches Verlangen, seinen Sohn Paul, den er mehrere Jahre nicht gesehen hatte, einmal zu besuchen. Paul war ganz nach dem Vater geraten, einfach und bieder, ein schlichter, fleißiger Landmann. Er hatte vor zwei Jahren ein armes, aber frommes Mädchen geheiratet und lebte mit ihr und einem kleinen Töchterchen glücklich auf seiner Farm im Süden.

Als daher Frau Braun im September von ihrer Reise

zurückkehrte, empfing sie ihr Mann mit der unerwarteten Nachricht, daß er, sobald die Arbeiten im Freien getan sein würden, auch einmal verreisen und sich bei seinem guten Jungen, wie er Paul nannte, einmal ordentlich ausruhen und pflegen wolle. Georg, der bei der Schwester fast noch mehr verzärtelt und verzogen worden war als zu Hause, hatte große Lust, den Vater zu begleiten; denn er meinte, es würde angenehmer sein, im sonnigen Süden sich auf des Bruders Farm herumzutreiben und mit einer Schar gehorsamer Negerjungen zu spielen, als hier in allem Winterwetter in die Schule zu gehen. Als er aber seine Bitte vorbrachte, wurde der Vater, was sehr selten geschah, ganz ärgerlich und fuhr ihn heftig an:

»Schäm' dich doch, du fauler Strick, nur so was zu sagen! Hast dich den ganzen Sommer müßig umhergetrieben und dir's wohl sein lassen, während dein alter Vater in aller Hitze im Feld geschafft hat. Und jetzt willst du schon wieder bummeln! Da wird nichts draus! Nimm dir doch den Martin zum Beispiel; der hat gearbeitet wie ein Mann, und nun kann er's kaum erwarten, daß die Schule angeht.«

Damit war die Sache abgetan, und auch die schwache Mutter wagte nicht mehr, mit Bitten in den Vater zu dringen; doch nahm sie sich im stillen vor, ihren Liebling durch allerlei Vergnügungen schadlos zu halten. –

Herr Braun war abgereist, und die Schule hatte wieder begonnen. Für Martin und Georg war es der letzte Winter; denn länger als bis zum dreizehnten Jahr pflegte Tante Marie ihre Schüler nicht zu behalten. Beide sollten zu Ostern konfirmiert werden. Martin war herzlich gern bereit, dem Vater in der Farmerei zu helfen, obgleich sein Sinn eigentlich nach höheren Dingen stand. Georg aber konnte sich noch gar nicht für irgendeinen Lebensberuf entscheiden. Seine

Mutter wünschte, daß er zu der Schwester ziehen und eine englische Handelsschule in deren Wohnort besuchen sollte, um später in ein Kaufmannsgeschäft einzutreten. Während nun Martin mit doppeltem Eifer ans Lernen ging, um die kurze Zeit noch recht zu benützen, war Georg in diesem Jahr lange nicht mehr so fleißig wie früher und machte der Lehrerin durch sein keckes, vorlautes Betragen manchen Kummer. Wenn sie ihn dann ernstlich ermahnte, tat es ihm wohl leid, und er hielt sich eine Zeitlang besser, aber ein Besuch in der Stadt verdarb oft in wenig Stunden wieder, was die treue Lehrerin mit Mühe erreicht hatte.

»Weißt du wohl«, sagte diese am ersten Sonntag nach dem Beginn der Schule zu ihrem Bruder, »daß ich vier neue Schüler bekommen habe? Die ganze kleine wilde Millergesellschaft: Willi, Mariechen, Käthchen und Jenny. Sie kamen am Montag früh ganz unangemeldet, aber sauber gewaschen und gekämmt und mit Tafeln und Fibeln ausgestattet.«

»Nun«, erwiderte der Pastor, »das freut mich sehr um der Kinder willen, aber du wirst viel Mühe und Plage mit den kleinen Wilden haben.«

»Es ist nicht so schlimm. Willi ist freilich sehr unwissend und ziemlich roh, doch scheint er ein ehrlicher Junge zu sein und wird sich schon machen. Bei den Mädchen merkt man aber Lissys guten Einfluß; sie haben wirklich den besten Willen, sich artig zu betragen, wenn sie auch noch etwas laut und ungeschickt sind. Sie können auch alle die deutschen und englischen Buchstaben, und Mariechen liest schon ziemlich gut; auch haben sie einen Anfang im Schreiben und Rechnen gemacht.«

»Hat Lissy sie alles das gelehrt? Mit ihrer Gelehrsamkeit ist's ja auch nicht weit her; das arme Kind bekam ja nie Zeit zum Lernen.«

»Nein, Ernst Kuntze ist der Lehrer gewesen. Die kleine Jenny, die ein liebes, zutrauliches Ding ist, erzählte mir im Vertrauen, daß Ernst fast jeden Sonntagabend bei ihnen zubringe, und da würde allemal Schule gehalten. ‚Und wenn wir's gut machen', sagte sie, ‚erzählt er uns eine Geschichte und schenkt uns manchmal einen Cent.'«

»Ja, dieser Ernst ist ein prächtiger Mensch«, sagte der Pastor, »und das beste ist, daß er alles so im stillen tut. Als ich neulich die alte Mutter Richter in ihrem einsamen Hüttchen besuchte, staken ihre schmerzenden Füße in neuen warmen Pelzschuhen, und auf ihrem Tischchen stand eine Flasche stärkender Wein. Sie erzählte mir mit Tränen in den Augen, das habe ihr alles der gute Ernst gebracht, der jedesmal bei ihr einkehre, wenn er zum Markttag in die Stadt fahre. Er liest ihr dann immer ein Weilchen vor, trägt ihr zuweilen Holz und Wasser zu und kommt nie mit leeren Händen.«

»Ja«, stimmte Marie bei, »Ernst ist ein Segen für unsere Leute, aber der kleine Martin wird einmal ebenso brav werden. Du glaubst nicht, was für Freude ich an dem lieben, fleißigen Jungen habe! Es tut mir nur leid, daß er bei mir bald ausgelernt hat. Dagegen will ich froh sein, wenn ich Georg los werde. Es ist schade um ihn; er ist so begabt und ein frischer, edler Junge, aber seine Mutter wird ihn noch ganz verderben. Bald hat er die Tasche voll Naschwerk; bald zündet er in der Mittagspause eine Zigarre an, was ich allemal rieche und auch an seinem blassen Gesicht sehe. Seit einiger Zeit fängt er auch schon an, von Politik zu schwatzen und von der neuen Präsidentenwahl, so daß sich die Jungen manchmal ganz verbittert zanken und balgen, ohne nur zu wissen, warum.«

»Nun«, beruhigte sie der Pastor, »diesem Unsinn will ich bald ein Ende machen. Ich werde Frau Braun einmal besuchen, obgleich sie sich nicht regelmäßig zu uns hält, und ihr sagen, daß sie den Jungen kürzer halten soll, wenn sie wünscht, daß ich ihn mit in den Konfirmandenunterricht aufnehme.«

Eines Morgens kam Georg ganz aufgeregt und sehr verspätet in die Schule, nachdem er dieselbe zwei Tage lang versäumt hatte. Im Unterricht war er sehr zerstreut, und die Aufgaben waren auch nur mangelhaft gelernt.

»Wo hast du denn wieder gesteckt?« fragte Tante Marie nach Schluß der Schule. »Du versäumst zu viel und schadest dadurch auch den andern.«

»Ich war mit Mama in der Stadt. Am Mittwoch war Wahltag, man wählte die Stadträte.«

»Ei, was hast du kleiner Kerl denn dabei zu tun?«

»Georg Tompson hat eine Kompanie von Knaben gebildet, da wollte er mich dabei haben. Wir sind abends mit Fakkeln und Fahnen durch die Stadt gezogen, zwei Trommler voran, und haben unserm Kandidaten ein Hurra gebracht.«

»Wer ist denn euer Kandidat?« fragte Marie lachend.

»Mr. Campbell! Die Gegenpartei hat Mr. Poster; vor dessen Haus haben wir geschrien und einer hat ihm ein Fenster eingeworfen. O, es war wunderschön!«

»Nun, weißt du denn, warum du für Mr. Campbell stimmst?«

»Ei, weil er recht hat!«

»Ja, warum hat er denn recht?«

»Weil, weil, nun, weil wir für ihn stimmen!« stotterte Georg verlegen.

Die Kinder lachten. Die Lehrerin aber sagte ernst:

»Du fühlst selbst, Georg, daß du von solchen Dingen noch nichts verstehst; sonst würdest du jetzt nicht so rot werden. Du weißt auch, daß dein Vater dir nicht erlauben würde, abends durch die Straßen zu ziehen und den Leuten die Fenster einwerfen zu helfen, gleichviel ob sie recht haben oder nicht. Nun denke einmal nach, wie häßlich es ist, daß du es in seiner Abwesenheit doch tust, daß du auch wegen solcher Dinge die Schule versäumst und dich müde und unlustig machst zu allem Guten. Deine Mutter liebt dich so sehr, daß sie dir nichts abschlagen kann; das weißt du. Darum mußt du stark genug sein, dir von selbst das zu versagen, was du nicht offen und ehrlich dem Vater erzählen kannst, wenn er zurückkehrt.«

Damit ging die Lehrerin. Georg aber war still und nachdenklich und wies die andern Knaben kurz ab, die einen Bericht seiner Heldentaten hören wollten. Er entfernte auch das blaue Bändchen mit der Goldschrift »Stimme für Campbell« aus seinem Knopfloch, und in den nächsten Wochen hatte die Lehrerin nicht über ihn zu klagen.

Kurz nach Weihnachten begann der Konfirmandenunterricht, zu dem der Pastor zweimal wöchentlich in die Schule kam. Herr Braun kehrte auch zurück und hatte ein wachsames Auge auf seinen Sohn, so daß sich dieser wieder mehr zu Martin hielt und durch dessen Beispiel angeregt mit Lust und Eifer lernte. –

Es war ein recht kalter Winter gewesen, aber gegen Ende Februar trat unerwartet sehr starkes Tauwetter ein, und es wurde so warm, daß man schon auf ein zeitiges Frühjahr hoffte. Nur einige Farmer schüttelten die Köpfe und prophezeiten noch böses Wetter.

Als die Kinder sich eines Morgens zur Schule rüsteten, trat Herr Werner in die Stube und sagte:

»Bleibe du lieber heute zu Hause, Lenchen; es weht ein kalter Wind von Norden her, und die Wolken deuten auf Schnee. Und du, Martin, zieh' deinen warmen Mantel an; du wirst ihn am Abend wohl brauchen können. Ich will dem Vieh eine neue warme Streu in die Ställe machen, denn wir sind noch nicht über den Winter hinaus.«

»O, wenn doch noch einmal Schnee käme!« rief Hänschen, der noch hinter seiner Milchtasse saß. »Da machte ich noch einen Schneemann, noch größer als der alte war, der so schnell zerschmolzen ist.«

»Und ich darf dann vielleicht Richard im Schlitten spazieren fahren, ganz in Bettchen gepackt, wenn die Sonne einmal recht schön scheint; die Mutter hat es mir schon versprochen«, sagte Lenchen, indem sie das Brüderchen zärtlich küßte, das auf einem Teppich am Boden spielte.

Es war wieder dick und rotbackig geworden und hatte sich von der Krankheit des Sommers vollständig erholt.

»Leb' wohl, Richard!« sagte Martin. »Gib mir noch ein Küßchen, du Herzensjunge! Komm, Hänschen, gib mir auch eine Hand. Es wird mir heute so schwer, fortzugehen; ich weiß gar nicht, warum.«

»Du hast wohl Kopfweh?« meinte die Mutter. »Du hast gestern abend so sehr lange bei der Lampe gelesen, nachdem du naß und müde aus der Schule gekommen warst. Wenn du unwohl bist, bleibe lieber zu Hause.«

»O nein, liebe Mama, ich bin ganz munter! Es war mir nur plötzlich so seltsam zumute, als müsse heute ein Unglück geschehen. Jetzt ist's wieder ganz vorbei; ich muß nur eilen, daß ich nicht zu spät komme.«

»Der Junge ist doch etwas nervenschwach«, sagte der Vater, als er dem Davonreitenden nachsah. »Es ist gut, daß er im frischen, freien Landleben aufwächst, sonst hätte er wohl ein Träumer werden können.«

Nur zwanzig Kinder hatten sich heute im Schulzimmer versammelt; die Kleinen fehlten meistens. Nur Berta Hill und Robert Becker, die am nächsten zur Schule wohnten, saßen nebeneinander auf der untersten Bank. Es war recht unfreundliches Wetter, der Wind schüttelte an den Fenstern und sauste im Kamin, dunkle Wolken jagten über den Himmel; es wurde nach und nach kälter, und bald spielten einzelne Schneeflocken in der Luft.

»Ich werde euch heute bald nach Hause schicken«, sagte Tante Marie in der ersten Nachmittagstunde. »Der Schnee fängt an dichter zu fallen, und der Wind wird stärker.«

Kaum hatte sie diese Worte gesprochen, als sich plötzlich das Zimmer verfinsterte, als sei es auf einmal Nacht geworden. Zugleich stieß ein furchtbarer Windstoß die Tür auf und verlöschte das Feuer im Ofen, so daß zu der Dunkelheit noch dichter Rauch das Zimmer erfüllte. Ängstlich drängten sich die Kinder um die Lehrerin, die mit Mühe die Tür wieder schloß und ihren eigenen Schrecken mutig zu verbergen suchte.

»Es kommt ein Sturm!« sagte sie. »Gott gebe, daß er bald vorübergehe; ihr könnt jetzt nicht fort. Setzt euch still um mich her und laßt uns Gott um Schutz und Hilfe bitten.«

Nach einer bangen Viertelstunde wurde es wieder etwas heller im Zimmer; aufatmend traten alle ans Fenster. Aber o weh! An Heimgehen war jetzt noch nicht zu denken; denn draußen wirbelten die Schneeflocken so dicht, daß man nicht einen Schritt weit vom Haus sehen konnte. Dazu trieb der Wind die schon gefallenen Schneemassen in wildem Tanz wieder in die Höhe und hüllte das kleine Häuschen in einen immer dichter werdenden Schleier.

»Ihr armen Kinder!« sagte Tante Marie. »Ich darf euch nicht fortlassen; in einem solchen Schneesturm würde der kundigste Mann den Weg nicht finden, noch viel weniger ihr schwachen Kinder. Zeigt einmal, daß ihr Gott vertraut, der die Kinder so gern beschützt, und bleibt geduldig und ruhig hier, bis das Wetter vorüber ist. Ich fürchte, es wird lange dauern; denn ich habe schon mehrmals solche Stürme erlebt. Und es ist sehr wahrscheinlich, daß wir die Nacht hier zubringen müssen.«

»Die Nacht?« schrie der kleine Robert, in Tränen ausbrechend. »Aber wir haben ja nichts zu essen und kein Bett!«

»O liebe Tante«, rief Berta, »laß uns doch alle nach unserm Haus gehen! Das ist so nahe, wir werden es schon finden. Mama hat ja gestern gebacken, vier Brote und eine Menge kleine braune Kuchen; da hätten wir alle genug zu essen. Und wir könnten alle zusammen auf dem Boden schlafen, wir haben genug Stroh und Decken.«

»Daran hab' ich auch schon gedacht, liebes Kind«, sagte Marie, »aber es ist nicht mehr möglich. Wir würden schwerlich das Haus finden und könnten uns in die Prärie verirren, wo wir rettungslos verloren wären; denn es wird immer kälter, und wir würden erfrieren, wenn wir kein Obdach fänden.«

»Ich bleibe aber nicht die Nacht hier«, tönte eine entschiedene Stimme. Es war Georg, der eben seinen Mantel angezogen und die Pelzmütze fest aufgesetzt hatte. »Sternchen hat mich schon oft in schlimmem Wetter sicher getragen, es wird den Weg schon finden. Ich reite nach Hause.«

»Du törichter Knabe!« rief die Lehrerin erschrocken. »Auf keinen Fall laß ich dich fort. Du würdest vielleicht nicht einmal den Stall finden, noch viel weniger den weiten Weg. Seht doch, ihr Kinder, wie die dichten Schneeflocken von dem Sturm immer im Kreis herumgewirbelt werden. Dadurch wird man so schwindlich und verwirrt, daß man nach wenigen Schritten die Richtung verliert. Ihr Großen könnt euch gewiß noch besinnen, wie traurig vor vier Jahren Peter Wilkins umkam, den man, wenige Schritte von seiner Hütte entfernt, erfroren auffand. Er hatte auch nur nach seinem Vieh sehen wollen und konnte das Haus nicht wiederfinden, bis er endlich ermattet im Schnee umsank.«

»Peter Wilkins war ein Nigger; ich werde doch klüger sein als er! Ich will fort und ich muß fort!« rief der trotzige Knabe, stieß die zarte Gestalt der Lehrerin zurück und war zur Tür hinaus, ehe die andern Knaben ihn daran hindern konnten.

Martin wollte ihm folgen, um ihn womöglich mit Gewalt zurückzubringen, aber Marie trat ihm entgegen und rief zitternd:

»Halt, Martin! Keiner von euch geht einen Schritt vor die Tür! Ich könnte es nicht verantworten; auch werdet ihr den unglücklichen Knaben nicht mehr finden.«

Dann aber sank sie von Angst und Schrecken überwältigt auf einen Stuhl, bedeckte das Gesicht mit den Händen und brach in einen Strom von Tränen aus.

»Ach, was soll ich tun, was soll ich tun?« rief sie. »Ach, ich würde ja gern mein Leben drangeben, ihn zu retten, aber ich kann ja nicht; ich darf diese Kinder nicht verlassen!«

Noch einen letzten Versuch machte das treue Mädchen, den Knaben zurückzubringen; sie öffnete die Tür so weit als möglich und rief laut Georgs Namen, gebot auch den Kindern, das gleiche zu tun. Sie ergriff die kleine Schulglocke und klingelte mit aller Macht, damit er, wenn er noch in der Nähe war, das schützende Obdach wiederfinden könne. Aber alles blieb still, er mußte im Schutz der Bäume wohl den Stall gefunden haben und davongeritten sein. Da sagte die Lehrerin:

»Wir müssen den armen Georg nun allein Gottes Schutz überlassen und für unsere Sicherheit während der Nacht sorgen. Der Sturm nimmt wieder zu; es wird bald dunkel und sehr kalt werden. Laßt uns den Schrank dort vor die Tür schieben, daß der Sturm sie nicht eindrückt; dann will ich versuchen, wieder Feuer anzuzünden, ihr seid alle schon steif und blau gefroren, meine armen Kinder.«

Aber Maries Bemühungen waren vergeblich. Die Gewalt des Sturmes vereitelte jeden Versuch, das Feuer wieder anzuzünden; nur dichte Rauchwolken kamen ihr dabei aus dem Ofen entgegen.

»Nun, wir wollen es später noch einmal versuchen; zieht alle die Mäntel an und setzt eure Mützen auf. Hier, Berta und Robert, wickelt euch zusammen in meinen weiten Mantel, dann will ich euch noch mit meinem kleinen Teppich zudekken. Nun wollen wir sehen, was wir zu essen haben. Ihr müßt jetzt denken, wir seien in einer belagerten Stadt, wo alles Gemeingut ist; darum bringt mir her, was noch in euren Körbchen ist; ich werde es verteilen.«

Treulich brachten die Kinder die Reste ihres Mittagessens, die sie als Vesperbrot aufbewahrt hatten. Es war freilich nicht viel: einige Butterbrote, kleine Kuchen und eine Anzahl Äpfel. Alles wurde gleichmäßig verteilt und von den Kindern, die durch Angst und Kälte ermattet waren, begierig verzehrt.

Indessen war es ganz finster geworden, denn der Schnee hatte sich vor die Fenster gelegt, und der Abend brach herein. Desto deutlicher hörte man in der Dunkelheit den Sturm heulen und brausen. Krachend brachen die schneebeladenen Äste von den Bäumen. Die Fensterläden, die man nicht mehr hatte schließen können, wurden losgerissen; das ganze leicht gebaute Häuschen zitterte und schien zu wanken. Das Dach mußte schon durchlöchert sein, denn man hörte das Heulen des Sturmes über der Zimmerdecke und das Herabstürzen von Schindeln und Schneemassen in den kleinen Bodenraum. Die Aussicht auf die lange dunkle Nacht ohne ein wärmendes Lager war trübe genug für die Kleinen; doch hielten sie sich tapfer, und nur selten ward ein Klageton laut.

»Wenn wir nur Licht hätten!« sagte Mary Miller. »Ich fürchte mich so im Finstern; ich habe viel mehr Mut, wenn ich Tante Maries Gesicht sehe.«

»O, wir haben ja Licht!« rief Martin. »In der Ecke steht ja der lange Stock mit dem Wachslicht, womit der Christbaum angezündet wurde.«

Freudig wurde das hellbrennende Lichtchen begrüßt, das zum Glück noch ziemlich lang war, und Marie suchte die Kinder durch freundliches Zureden geduldig und ruhig zu erhalten. Die Kleinen wurden indes bald müde und verlangten zu schlafen. Die Bänke wurden zusammengeschoben, Ranzen und Taschen mußten als Kopfkissen, Mäntel und Tücher als Decken dienen, und als das Licht erlöschte, waren die armen Kinder alle auf ihr hartes Lager gebettet, und ihre müden, verweinten Augen schlossen sich zu dem glücklichen Schlummer der Kindheit. Nach kurzer Ruhe aber fuhren alle wieder empor, aufgeschreckt durch eine dumpfes Krachen in nächster Nähe.

»Was war das, Tante?« riefen die ängstlichen Stimmen. »Fällt das Haus ein?«

»Ich weiß nicht, Kinder! Ich hoffe, es war nur der Stall; er wird wohl zusammengestürzt sein, ich fürchtete es schon lange.«

»Ach, mein Weißfüßchen!« rief Martin. »Was wird Ernst sagen, wenn es tot ist!«

»O, unser lieber kleiner Jolly! Ach, mein gutes Bräunchen!« klagten andere kleine Pferdebesitzer.

»Seid ruhig, Kinder! Ich glaube kaum, daß die Pferdchen noch dagewesen sind; die Stalltür wird längst zusammengebrochen sein. Vielleicht sind sie fortgelaufen und werden schon nach Haus finden. Sie können ja mehr aushalten als ihr. Legt euch nun wieder nieder und versucht zu schlafen.«

»Ach«, klagte Robert, »ich bin so kalt, und die Bank ist so hart; ich kann nicht schlafen!«

»Warte nur, ich setze mich zu dir und reibe deine Hände und Füße. So! Nun wickle ich noch mein Tuch fest um dich, da wird's schon besser werden.«

Auch Martin wachte noch lange; die Angst um den Freund ließ ihn nicht ruhen. Endlich aber siegte auch bei ihm die Müdigkeit, und nun wachten nur noch die treuen Augen der guten Lehrerin. Sie hatte ihren Mantel, ihr warmes Halstuch und ihre wollene Haube hingegeben, um die beiden Kleinen vor der Kälte zu schützen; sie selbst mußte hin und her gehen, um sich vor dem Erstarren zu bewahren. Schwere Sorgen bewegten ihr Herz. Würde das schwachgebaute Häuschen dem Sturm widerstehen? Würden die Schneemassen nicht wohl gar das Dach eindrücken und sie alle unter den eisigen Trümmern begraben? Und Georg! Ach, der arme, arme Knabe, den sie trotz seiner Fehler so sehr liebte, was war aus ihm geworden?

Endlich ließ der Sturm etwas nach, und nun bemühte sich die Lehrerin von neuem, Feuer anzuzünden, und diesmal gelang es zu ihrer unaussprechlichen Freude. Zum Glück war der Holzkorb gefüllt, und bald verbreitete sich etwas wärmere Luft durch das Zimmer und ein freundlicher Feuerschein beleuchtete die seltsame Szene. Mit dem ersten Morgenschimmer erwachte auch ein Kind nach dem anderen, und nun machte Marie ernstlich Anstalten, sich aus der gefährlichen Lage zu befreien. Der Schnee fiel immer noch so dicht, daß man nicht drei Schritte weit sehen konnte, aber der Sturm hatte aufgehört, und sie war entschlossen, den

Weg nach Hills Haus zu suchen.

»Aber ich kann nicht laufen«, klagte der kleine Robert; »ich habe so großen Hunger, und die Beine tun mir so weh.«

»Du sollst auch nicht laufen! Ich werde dich tragen, weil du der Kleinste bist«, tröstete Marie; »du mußt aber deine Ärmchen fest um meinen Hals schlingen und darfst nicht loslassen. Nun kommt! Jetzt wollen wir's machen wie die Bergsteiger in der Schweiz, von denen ich euch erzählt habe; nun müßt ihr auch so tapfer und ruhig sein wie diese.«

Damit nahm sie einen Knäuel Bindfaden, der sich im Schrank fand, band die Kinder alle in einer langen Reihe aneinander und befestigte das Ende um ihr eigenes Handgelenk.

»Nun wollen wir's wagen in Gottes Namen!« rief sie, indem sie die Tür öffnete und mutig in den tiefen Schnee hinaustrat. »Tritt immer in meine Fußtapfen, Berta.«

Langsam setzte sich der Zug in Bewegung in der wohlbekannten Richtung nach Hills Haus. Die Kinder sanken knietief in den Schnee; mehrmals mußten sie anhalten, um Gefallenen wieder aufzuhelfen. Oft kamen sie an hohe zusammengewehte Schneehügel, die sie tastend umgehen mußten, dann war wieder das bloße bleiche Gras unter ihren Füßen.

»Halt!« rief Marie, »wir haben schon den Weg verfehlt. Hier ist ein Baum, und es steht doch keiner am Weg; wir sind zu weit links gekommen. Aber horch! Bellt da nicht ein Hund?«

»Karo, Karo!« rief Berta fröhlich.

Ja, da sprang wirklich ein großer schwarzer Hund herbei, gerade auf Berta los, legte seine mit Schnee beladenen Pfoten auf ihre Schultern und leckte ihr kaltes Gesicht. Dann faßte er die Kleine am Röckchen, wendete sich um und zog sie als sicherer Führer mit sich fort. Nun waren sie gerettet, und bald glänzte ein heller Feuerschein durch den Schneeschleier.

»Das ist unser Küchenfeuer«, rief Berta entzückt. »Mama hat die Tür aufgemacht, daß wir es sehen sollen; sie hat gewiß gehofft, daß wir kommen.«

Noch einige Minuten, und die ganze Schar stand in Hills freundlicher Küche, von der geängstigen Mutter mit Tränen der Freude begrüßt. Nun ging es ans Abtun der schneeigen Hüllen, ans Wärmen der erstarrten Hände und Füße, und in kurzer Zeit saßen alle um das herrliche Feuer, labten sich an dem guten heißen Kaffee und taten den Broten und Kuchen, von denen Berta gesprochen hatte, alle Ehre an.

Tante Marie aber lag bleich und matt auf dem kleinen Sofa in der Ecke; nun, da sie die Kinder in Sicherheit sah, machte sich die Erschöpfung geltend, und die furchtbare Angst um den verlorenen Knaben gewann die Oberhand. So sehr sie auch dagegen kämpfte, so verließen sie doch bald die Kräfte, und Frau Hill brachte sie in ihrem Stübchen zu Bett, wo sie endlich in einen fieberhaften Schlummer sank, der mit wenig Unterbrechung den ganzen Tag über währte.

Auch die Kinder waren still und niedergedrückt, nachdem die erste Freude über die glückliche Rettung vorüber war. Als die Sonne höher stieg, hörte es auf zu schneien. Bald hörte man Schellengeläute, und schnell nacheinander kamen die Väter der Kleinen angefahren, um sie mit Dank gegen Gott in die sichere Heimat zurückzuführen.

Nur der arme Herr Braun mußte das Haus allein und in unsäglicher Angst verlassen, um seinen Sohn zu suchen, dessen Pferdchen am frühen Morgen halb erfroren und ohne Reiter nach Hause gekommen war. Er fuhr in fliegender Eile von einem Farmhaus zum andern, aber nirgends hatte man etwas von dem Knaben gesehen. Endlich kehrte er hoffnungslos nach Hause zurück, um seiner verzweifelten Frau zur Seite zu stehen.

Auch die andern Farmer in der Umgegend begaben sich auf die Nachsuche, soweit es der tiefe Schnee erlaubte. Und Heinrich, Brauns ältester Knecht, machte sich nach der Rückkehr seines Herrn noch einmal auf, um in Begleitung von Georgs Hund, Rollo, den Verlorenen zu suchen. Sie gingen den Weg, den der Knabe gewöhnlich zur Schule nahm, und spähten ängstlich in die Runde. Plötzlich stutzte Rollo, wandte sich rechts und lief suchend über ein weites Schneefeld hin, in dessen Mitte einige hohe Bäume emporragten. Bei diesen stand der Hund still und fing eifrig an zu scharren; Heinrich folgte ihm, und in wenig Augenblicken stand er in stummem Schmerz vor der Leiche seines geliebten kleinen Herrn. Da lag der arme Knabe, an den Stamm eines Baumes gedrückt, die Hände fest auf der Brust gefaltet, die Augen wie im Schlaf geschlossen, ein friedliches Lächeln auf dem schönen Gesicht! Rollo heulte und winselte kläglich, legte sich dicht über den Körper seines Herrn, als wolle er ihn erwärmen, und leckte ihm die erstarrten Hände. Aber das Leben war längst entflohen, und niemand konnte es zurückrufen.

Nur wenige Kinder konnten den geliebten Schulkameraden zu seiner letzten Ruhe begleiten, die meisten lagen mehrere Tage krank an den Folgen der ausgestandenen Angst und der heftigen Erkältung. Doch erholten sich alle bald, und keines trug einen bleibenden Schaden davon. Die treue Lehrerin aber war von einem heftigen Nervenfieber befallen, in dessen Phantasien sie immer von neuem die schreckliche Nacht durchlebte und angstvoll nach dem verlorenen Knaben rief.

Der Schnee war längst geschmolzen, das Schulhaus ausgebessert und ein neuer Stall gebaut für die Pferdchen, die sich alle wiederfanden. Schon breitete das junge Gras einen samtenen Teppich über die Prärie, und der Wald überzog sich mit einem zarten grünen Schleier; Tante Marie lag aber immer noch todesmatt in ihrem Bett, von Frau Hill mit schwesterlicher Treue gepflegt und von den Eltern der geretteten Kinder reichlich mit allem versorgt, was zu ihrer Erquickung dienen konnte. Ihr Bruder besuchte sie fleißig und hielt jede Woche drei Tage lang Schule, damit die Kinder doch etwas vorwärts kommen möchten. Georgs Tod hatte auf alle einen tiefen Eindruck gemacht, und wenn auch die Jugendlust nach und nach wieder durchbrach, so wurde doch Wildheit und Ungehorsam auf lange Zeit niedergehalten. –

Es war am Nachmittag des ersten Ostertages, als Tante Marie im Lehnstuhl an ihrem geöffneten Fenster saß. Milde Frühlingsluft strömte herein, in dem Glas auf ihrem Tischchen standen die ersten Frühlingsblumen, die ihr die Kinder gebracht hatten, ihre weiße magere Hand ruhte in der des Bruders, der neben ihr saß und ihr von dem kleinen Volk erzählte, das ihr so sehr am Herzen lag.

»Es ist seltsam«, sagte er, »daß mir der Beste von allen, nämlich Martin, im Anfang die meiste Sorge gemacht hat. Der Junge war ganz gebrochen, hatte zu nichts mehr rechten Mut und weinte oft still vor sich hin, statt seine Aufgaben zu machen. Es war auch schlimm, daß keiner von den andern Knaben weit genug vorgeschritten ist, um mit ihm zu lernen, so daß er immer allein arbeiten mußte, während er sonst alles im fröhlichen Wetteifer mit Georg zusammen lernte. Da trug ich ihm eines Tages auf, die sechs Kleinen das Dividieren zu lehren, wozu ich keine Zeit finden konnte. Ohne daß er's merkte, beobachtete ich ihn dabei, und war wirklich erstaunt über sein Lehrgeschick und seine Geduld. Er geriet in großen

Eifer und ruhte nicht eher, bis sie's alle begriffen hatten. Am andern Tag fragte er mich gleich, ob er wieder helfen dürfe, und so hab' ich ihn mir nach und nach zu einem kleinen Hilfslehrer herangezogen, an dem du deine Freude haben wirst, wenn du uns erst in der Schule besuchen kannst. Seine eigenen Aufgaben macht er jetzt rasch und munter fertig, um bald zu seinen Schülern zu kommen, und die Kleinen hängen mit großer Liebe an ihm. Der muß einmal Lehrer werden, das steht bei mir fest; er ist ganz dazu geboren.«

»Aber er kommt ja gar nicht mehr zur Schule«, entgegnete Marie, »er ist am Palmsonntag konfirmiert.«

»Ja, aber ich habe Herrn Werner gebeten, ihn mir noch zu lassen bis zum Schluß der Schule; denn ich kann ihn kaum mehr entbehren, da ich so wenig Zeit auf den Unterricht zu verwenden habe. Ich will ihn auch den Sommer über mit Büchern versorgen, aus denen er weiter lernen kann; denn daß er einmal kein Farmer wird, weiß ich gewiß.«

8 Allerlei Veränderungen

Mitten im Wald, etwas entfernt von den betretenen Wegen, lag der kleine Kirchhof der Ansiedlung. Es war eine friedliche, schöne Ruhestätte; schlanke Zedern, duftende Birken und dunkle Eichen beschatteten die wohlgepflegten Grabhügel. Und still war es, ach, so still, daß man das Zirpen der Heimchen im Gras und das Summen der goldigen Kolibris in den Blumenbüschen deutlich hören konnte.

Am ersten Pfingsttag in aller Frühe öffnete sich leise das kleine Gittertor und Martin trat herein. Ach, es war ja heute Georgs Geburtstag, den sie voriges Jahr so fröhlich zusammen gefeiert hatten! Heute konnte er nur noch sein Grab besuchen. Da war es! Das neueste von allen, nur erst ein kahler Erdhügel mit dünnem Gras bedeckt; denn der Schmerz der Eltern war noch zu bitter, um diese Stätte zu besuchen. Martin aber hatte die Hände voll Blumen, so viel er nur tragen konnte. Eine Weile stand er still, dann machte er sich eifrig daran, das Grab zu schmücken. Die duftenden Hyazinthen und die strahlenden Tulpen steckte er in die Erde; von Aurikeln und zarten Pfingstnelken legte er einen Kranz ringsherum. Jetzt war er fertig und stand da mit gefalteten Händen. Ein blau glänzender Vogel setzte sich dicht vor ihm auf eine Blume, wiegte sich darauf und sang; da verließ ihn auf einmal die Fassung, er warf sich ins Gras, legte den Kopf auf das Grab und schluchzte und weinte laut.

Indessen näherten sich Schritte der Kirchhofspforte. Es waren Georgs Eltern. Sie hatten ihren Wagen in Heinrichs Obhut am Eingang des Waldes gelassen und gingen langsam Hand in Hand den frühlingsgrünen Pfad entlang. Beide waren verändert. Des Vaters Haar war vollends ergraut, und seine kräftige Gestalt nicht mehr so aufrecht wie sonst; doch trug sein Gesicht denselben freundlichen Ausdruck wie früher. Wohl trauerte er schmerzlich um seinen lieben Sohn, aber er beugte sich doch unter Gottes Willen und freute sich, ihn im Himmel wiederzufinden, wohin sein Weg ja nicht mehr gar zu weit sein konnte. Anders war es bei der Mutter. Ihr war mit Georg so recht eigentlich alles genommen, wofür sie gelebt hatte. Sie hatte den Knaben nicht nur geliebt, sondern förmlich vergöttert; sie hatte ihn schon im Geist als reichen, vornehmen Mann gesehen, von allen bewundert wegen seiner Schönheit und seiner glänzenden Geistesgaben. Und nun war er ihr auf einmal schrecklich entrissen! Lange hatte sie sich dem heftigsten Schmerz hingegeben und war taub gegen alles freundliche Zureden ihres Mannes und gegen die Tröstungen des göttlichen Wortes gewesen. Endlich hatte eine heftige Krankheit sie aufs Lager geworfen, und nun begann in den langen, stillen Nächten die Stimme des Gewissens zu reden. Hochmut und Eitelkeit hatten eine harte Rinde um ihr Herz geschlagen, aber sie schmolz allmählich im Feuer des Schmerzes. Sie dachte auch der früheren Zeiten, wo sie eine schlichte, treue Hausfrau gewesen und ihre ältesten Kinder zur Arbeit und Genügsamkeit erzogen hatte. Wie aber hatte sie ihren Liebling erzogen? Ach, war sie nicht eigentlich selbst schuld an seinem Tode? Hatte sie nicht seinen Eigenwillen Männlichkeit, seinen Übermut Edelsinn genannt? Und ihr lieber Mann, der jetzt seinen eigenen Schmerz vergaß, um sie nur zu trösten und zu pflegen, ach, wie wenig hatte sie ihn in den letzten Jahren geachtet! Wo waren denn nun ihre vornehmen Freunde, um derentwillen sie ihren Hausstand vernachlässigt hatte? Ach, sie flohen das Haus der Trauer und die Stätte der Krankheit, während die schlichten Farmersfrauen, die sie oft über die Achseln angesehen hatte, herzliche Teilnahme zeigten und ihr Hilfe anboten, wo sie nur konnten. Auch der Pastor ließ sich durch die Verschlossenheit der Kranken nicht abschrecken, immer wieder zu kommen und ihr Gottes Bamherzigkeit anzupreisen, der sie durch diesen schweren Kummer aus den Netzen der Welt erretten und zu sich ziehen wollte. So stand sie endlich von ihrem Krankenbett auf, um ein neues Leben zu beginnen. Soweit es ihre Kräfte erlaubten, nahm sie sich des Haushaltes wieder eifrig an, pflegte und bediente ihren Mann wie in alten Zeiten und bemühte sich, auch Elli zu häuslicher Arbeit anzuleiten. Diese fand auch bald Freude daran, in der Küche, im Garten und bei der Milchwirtschaft zu helfen, und an die Stelle ihres früher oft recht launischen Wesens trat bald eine heitere Geschäftigkeit, so daß der Vater seine rechte Freude an ihr hatte. Bei der Mutter aber wollte keine Freude einkehren, die Sehnsucht nach ihrem Liebling war gar zu groß. Sie bemühte sich, dankbar zu sein für die Liebe ihres Mannes und ihrer Tochter, aber ihr Blick blieb trübe, ihre Tränen flossen immer von neuem, und der Lebensmut schien nicht mehr zurückzukehren.

An jenem Pfingstmorgen hatte sich die Mutter zum erstenmal entschlossen, das Grab des Sohnes zu besuchen. Sie trug einen Kranz von Rosenknospen, den Elli am Abend vorher gewunden.

»O lieber Mann«, sprach sie seufzend, »das ist nun alles, was wir unserm lieben Jungen zum Geburtstag bringen können! O, was soll uns all unser Reichtum? Ich denke oft, wenn wir noch arm wären wie früher, könnt' ich es leichter ertragen. Ich mag unsere schönen Sachen gar nicht mehr ansehen, sie sind mir ganz zuwider; denn sie klagen mich nur an wegen meiner Eitelkeit.«

»Wart' nur, mein Fieckchen!« entgegnete Herr Braun.

»Gott wird uns schon noch zeigen, wozu er uns reich gemacht hat; wir haben's ja mit ehrlicher Arbeit erworben. Wenn du dich nur ein wenig aufrichten wolltest und nicht mehr so sehr traurig sein, dann würde alles noch gut. Ach, sieh doch, wie rings alles lebt und blüht, was noch vor kurzem tot war. So wird ja unser Kind auch wieder auferstehen, schöner als es erst war, und wir werden es auf ewig wieder haben.«

Sie traten in den Kirchhof, und mit leisen Trostworten führte Herr Braun die weinende Frau zum Grab. Martin hatte in seinem Schmerz nichts davon gemerkt und fuhr erschrocken empor, als Herr Braun die Hand auf seinen Kopf legte.

»Bist du schon hier, mein guter Junge?« sagte er. »Sieh doch, Mutter, wie schön er das Grab geschmückt hat, und wie treu er seines Freundes gedenkt.«

»Hast du ihn so lieb gehabt?« fragte die arme Mutter, den Knaben an sich ziehend. »Hast du so sehr um ihn geweint?«

»Ja sehr, sehr lieb!« schluchzte Martin. »Er war mein bester Freund; ich werde ihn nie vergessen.«

»Willst du nicht manchmal zu mir kommen?« fuhr Frau Braun fort. »Dann wollen wir miteinander von ihm sprechen. Oder ist es dir jetzt zu traurig bei uns?«

»Ich will sehr gern kommen, ich habe es nur nicht gewagt; ich mag gern da sein, wo ich mit ihm zusammen war.«

»So laß uns jetzt allein und komme zu uns, so bald und so oft du kannst«, sagte Frau Braun, ihn auf die Stirn küssend; »ich habe dich lieb, und du sollst mir ein Trost sein.«

Von da an war Martin ein häufiger Gast bei Brauns. Oft nahmen sie ihn von der Kirche aus mit, um den Sonntag bei ihnen zuzubringen; oft ward nach ihm geschickt, daß er der immer noch kränkelnden Frau Gesellschaft leiste, während die andern einer nötigen Arbeit nachgingen. Erst ward es ihm etwas schwer, aber bald entstand zwischen den beiden ein eigentümliches Einverständnis. Martin war der einzige, der so recht eingehen konnte auf alle Erinnerungen an Georgs lustige Einfälle, seine kleinen Heldentaten, sein ganzes frisches, liebenswürdiges Wesen. Die Mutter erzählte ihm von des Freundes früheren Kinderjahren, und Martin wurde nicht müde, alle die kleinen Schulabenteuer zu wiederholen, die andern nicht der Erwähnung wert schienen. Dabei erfuhr Frau Braun, ohne daß Martin es wollte, wie oft er den Freund vor Gefahr behütet oder vor Unrecht gewarnt hatte, so daß sie nach und nach einen großen Teil der Liebe, die sie für ihren Sohn gehegt, auf den fremden Knaben übertrug. Da konnte es nicht fehlen, daß auch Martin ein großes Vertrauen zu ihr faßte und ihr manches anvertraute, was er zu Hause verschwieg, um den Eltern das Herz nicht schwer zu machen.

Eines Abends saßen Werners von schwerer Tagesarbeit ruhend vor ihrem Haus, als Brauns Wagen auf den Hof fuhr. Nach freundlichem Willkommen begann Herr Braun sogleich das Gespräch:

»Wir kommen heute mit einer großen Bitte an euch, ihr lieben Nachbarn. Ihr wißt, wie lieb wir euren Martin haben. Meine Frau ist ja wieder aufgelebt, seit sie ihn manchmal bei sich hat. Nun hat uns der Junge gesagt, daß er fürs Leben gern Lehrer werden möchte und ganz und gar keine Lust zur Farmerei hat.«

»Warum hast du denn das so geheim gehalten, Martin?« fragte Herr Werner. »Du hast doch nie etwas davon gesagt!«

»Ich wollte dir keine Sorgen machen, Vater; ich dachte, du brauchst mich jetzt noch.«

»Da sind wir dann beim Pastor gewesen«, fuhr Herr Braun

fort, »und haben ihn um seine Meinung gefragt. Der sagt, der Junge gebe einen ganzen Lehrer, er sei wie dazu geschaffen und er wüßte auch ein gutes Lehrerseminar, ein ganz neues, von deutschen Lutheranern gegründet. Nun bitten wir euch, schickt doch den Jungen dahin und erlaubt uns, daß wir alles für ihn bezahlen, Schulgeld, Kleidung und Bücher, bis er fertig ist und für sich selbst sorgen kann. Es ist uns eine Kleinigkeit; Gott hat uns so viel gegeben, und wir möchten gern wieder was zu sorgen haben.«

Nach kurzem Besinnen antwortet Herr Werner:

»Ihr lieben Freunde, es wird mir nicht leicht, andere für meinen Sohn das tun zu lassen, was mir allein zukommt, aber es wäre wohl falscher Stolz, eure Liebe von mir zu stoßen. Darum nehme ich euer Anbieten mit großem Dank an und bin überzeugt, daß Gott euch reichlich lohnen wird, was ihr an dem Knaben tut.«

Die Männer schüttelten sich die Hände, und auch Frau Werner dankte den Nachbarn mit Tränen in den Augen. Martin aber war ganz glücklich, umarmte bald seine, bald Georgs Eltern, und erklärte seinen Geschwistern immer aufs neue, daß er nun ein Lehrer werde und kein Farmer.

»Aber was macht denn dann Tante Marie?« fragte Hänschen. »Sie hat ja gar nichts mehr zu tun, wenn du Lehrer wirst.«

»Das geht noch nicht so schnell, Hänschen; da muß ich erst weit fortreiten und jahrelang immerzu lernen, und dann gibt's noch mehr Schulen als die der Tante Marie.«

»Wenn du fortgehst, ist dann Weißfüßchen mein?«

»O, du böser Junge! Du freust dich wohl schon darauf? Warte nur, dann mußt du alle meine Arbeit tun und hast gar keine Zeit mehr zum herumreiten.«

»Noch eins«, fuhr Herr Braun fort. »Hänschen ist zwar

sehr stark, aber einen ganzen Knecht gibt er doch nicht so bald; darum hab' ich noch einen andern Vorschlag zu machen. Wir beide, meine Frau und ich, werden alt, und ich hab's schon lange gefühlt, daß ich die große Farm nicht mehr bearbeiten kann. Nun schreibt uns unser Paul, daß im Süden allerlei vorgeht, was ihm nicht gefällt; man spricht von Krieg, und die Deutschen werden scheel angesehen. Da hab' ich ihm geraten, sein Eigentum zu verkaufen und zu uns zu kommen. Unser Haus hat Platz für zwei Familien, seit wir all den neumodischen Rummel weggepackt haben, und wir werden neu aufleben, wenn wir den guten Sohn bei uns haben mit der freundlichen Frau und den zwei lieben Kindern. Zu Mariechen ist nämlich gerade an Georgs Geburtstag ein neuer kleiner Georg gekommen. Da werden nun die meisten von unsern Leuten überflüssig, denn mein Paul arbeitet für zwei, und ich mag auch noch nicht ausspannen. Sie haben alle schon neue Plätze gefunden, nur Heinrich möchte gern hier bleiben. Nehmt ihn doch zum Knecht; er will auch gern um wenig Lohn dienen, wenn er ihn nur freundlich aufnehmt.«

Heinrich, der bei dem Wagen war, ward herbeigerufen, und bald war auch dieser Vertrag geschlossen zu aller Zufriedenheit. –

Nun kamen geschäftige Wochen für beide Familien. Martin sollte in den letzten Tagen des August abreisen. Von der Feldarbeit ward er sogleich freigesprochen und warf sich mit solchem Eifer aufs Studieren, daß die Eltern ihn ernstlich warnen mußten, sich nicht noch krank zu machen. Er hatte die großartigsten Vorstellungen von der Gelehrsamkeit seiner künftigen Mitschüler und fürchtete weit hinter ihnen zurück zu sein. Indessen rüsteten Frau Braun und seine Mutter eine so vollständige Ausstattung an Kleidung und Wäsche für ihn, daß er sich reich wie ein König dünkte. Wenn nur der Abschied vom Elternhaus nicht gewesen wäre! Und doch kam er immer näher, und schneller als man's gedacht, war der letzte Tag da.

Herr Braun wollte seinen Schützling selbst an den Ort seiner Bestimmung bringen, damit ihm auf der langen Reise, die teils im Wagen, teils mit der Eisenbahn gemacht werden mußte, kein Unfall zustoße. In den letzten Tagen hatte der Knabe die Runde bei allen Nachbarn gemacht, um Abschied zu nehmen. Wie freundlich waren sie alle gegen ihn! Er wußte gar nicht, wie er die vielen kleinen Abschiedsgeschenke noch verwahren und mitnehmen sollte. Jetzt war der Wagen bereit, die Eltern wollten noch mit bis zur Stadt fahren, aber Ernst und die Geschwister umarmte er nun zum letztenmal für ein ganzes Jahr. Lenchens Tränen flossen reichlich, doch war sie wie immer still und verständig. Hänschen jedoch, dem jetzt erst recht klar wurde, was »Fortgehen« bedeutet, brach in lautes Jammergeschrei aus, hing sich an den Bruder und wollte ihn nicht von sich lassen, bis Ernst ihn mit Gewalt los riß und ins Haus trug, wo er sich endlich in den Schlaf weinte.

Am Morgen nach Martins Abreise saß der arme kleine Junge noch so traurig am Frühstückstisch, daß alle ihn herzlich bedauerten und ihn durch allerhand Versprechungen zu trösten suchten. Aber nichts wollte helfen. »Martin soll wieder kommen!« war alles, was aus ihm herauszubringen war.

»Hänschen«, hub Ernst endlich an, »weißt du was: Du hast mich doch immer gebeten, ich soll dir ein Haus bauen. Wollen wir jetzt eins bauen für uns beide zusammen? Wenn Martin dann übers Jahr in die Ferien kommt, wird er sich sehr wundern, wenn er es stehen sieht.«

»Ja, ja, wir wollen ein Haus bauen!« rief der Kleine neubelebt. »Gleich heute wollen wir anfangen.«

»Da müssen wir erst in die Stadt fahren und alles holen, was wir dazu brauchen; denn es soll ein schönes Haus werden. Willst du mit mir fahren?«

Und ob Hänschen wollte! In einer halben Stunde saß er glückselig neben Ernst auf dem allergrößten Wagen, der sonst nur in der Ernte benutzt wurde.

In der Stadt gab's mancherlei zu sehen. Der kleine Spielwarenladen war sehr anziehend, und die lange Stange Kandiszucker, die Ernst ihm kaufte, war auch nicht zu verachten. Doch war er froh, als sie endlich nach dem großen Holzhof fuhren, wo man allerhand zugerichtete Bretter, Balken, ja sogar Türen und Fensterrahmen kaufen konnte.

Ernst sprach sehr lange mit dem Händler, so daß Hänschen bald ungeduldig wurde. Endlich aber waren sie fertig, und nun kamen zwei fremde Männer und luden den Wagen voll; dann brachten sie noch einen hergefahren und bepackten ihn auch, setzten sich selbst darauf und fort ging's zur Stadt hinaus der Heimat zu.

»Aber Ernst, das wird ein großes Haus werden!« sagte der Kleine fast ängstlich. »Wie wollen wir denn das alles fertig bringen?«

»Wir bauen es auch nicht allein; die beiden Männer helfen uns und auch Willi Miller und der schwarze Sam und der Vater vielleicht, wenn er Zeit hat.«

»Aber ich wollte doch ein Spielhaus, ein Kinderhaus; dies hier wird viel zu groß! Das wird ein richtiges Haus zum Drinwohnen, und das brauchen wir doch gar nicht.«

»Ei, wir brauchen es wohl; Heinrich bekommt nun meine Kammer und Lenchen Martins Stübchen, da muß ich mir schon ein eigenes Haus bauen. Wo soll ich denn sonst wohnen?«

»Aber willst du denn ganz allein darin wohnen? Ich mag nicht mit, ich bleibe bei der Mama.«

»Dich kann ich auch gar nicht brauchen; ich nehme mir jemand hinein, der mir das Essen kocht, während ich draußen arbeite.«

»Na, du willst doch nicht meine Lene haben? Die kriegst du nicht!« rief Hänschen sehr entschieden. »Martin ist fort, und nun soll Lene auch noch fort; das geht nicht!«

»Sei nur ruhig, mein Junge«, sagte Ernst lachend, »ich nehme dir deine Lene nicht. Horch einmal, Hänschen; ich will dich nicht länger necken, sondern dir's richtig erzählen, wozu ich das Haus brauche. Sieh, ich bin ein großer Mann; da muß ich doch auch eine Frau haben, wie der Papa die Mama. Da hab' ich Lissy Miller gefragt, ob sie meine Frau sein will, und sie hat ja gesagt. Dann hat mir der Papa das große Stück Land gegeben, das hinter dem letzten Maisfeld liegt, da will ich ein Häuschen darauf bauen mit einem hübschen Garten ringsherum, und dann wohne ich mit Lissy drin, und du kannst uns besuchen, so oft du willst. Nicht wahr, das wird hübsch werden?«

»Ei ja, sehr hübsch!« erwiderte der Kleine. »Aber lieber wäre mir's doch gewesen, du hättest mir ein Spielhaus gebaut.«

»Das sollst du auch haben. Es werden viel Bretterstücke übrigbleiben, da wollen wir ein schönes Häuschen für dich bauen, und du kannst mit Richard drin sitzen und Urwald spielen und Kaffee trinken aus neuen kleinen Tassen, und Lissy backt euch dann Kuchen dazu.«

Nun war Hänschens Glück vollständig, und er konnte kaum das Heimkommen erwarten, um den Eltern die große Neuigkeit zu verkündigen. Diesen war es ja freilich kein Geheimnis mehr. Sie wußten wohl, daß Ernst sich vor einigen Wochen mit Lissy verlobt hatte und daß noch im Spätherbst die Hochzeit sein sollte. Auch Martin hatte es noch vor seiner Abreise erfahren und freute sich schon auf die nächsten Ferien, um Ernsts neue Heimat zu sehen.

Nun ging es eifrig ans Bauen. Wer irgend in der Nachbarschaft einige Tage Zeit hatte, kam, um zu helfen, und vom herrlichsten Wetter begünstigt, ging die Arbeit doppelt schnell vonstatten. Freilich hatten Frau Werner und Lenchen fast zu viel zu kochen und backen, um die ganze Baugesellschaft satt zu machen. Und Hänschen lief sich die kleinen Beine redlich müde, um den Arbeitern Wasser zuzutragen, bis der neue Brunnen fertig war. Doch ward es keinem zu viel und zu schwer, denn für Ernst und Lissy arbeiteten alle gern.

In der ganzen Ansiedlung war wohl nur eine Person unzufrieden mit der Lage der Dinge, das war Paulchen Miller. Ihm machte es keinen Spaß, daß jemand mehr Anrecht an seine Lissy haben sollte als er. Und als das junge Brautpaar einst in eifrigem Gespräch auf der Bank vor Millers Haus saß, packte er Ernst beim Kopf, drehte ihn herum und rief mit zornglühendem Gesichtchen: »Meine Lissy nicht angucken, ist meine Lissy!«

Umsonst waren alle Bestechungsversuche von Ernsts Seite; der kleine Bengel mochte die Kuchen, die Äpfel oder Zuckerstengel, die er ihm brachte, nicht einmal ansehen. Schon mehr Erfolg hatten die Klapse, die er von der Mutter reichlich erhielt. Aber es dauerte wochenlang, ehe er sich darein ergab, in Lissys Herzen die zweite Stelle einzunehmen.

Gegen Ende Oktober war das schlichte Bretterhäuschen fertig; es enthielt zwei Zimmer und eine geräumige Küche, aus deren Tür man auf die lustige Veranda trat, die in jener

Gegend des heißen Sommers wegen fast unentbehrlich ist. Hof und Garten waren abgegrenzt, und in der gemütlichen Ecke stand wirklich Hänschens Häuschen, viel schöner als er sich's je geträumt, mit einer richtigen Tür und zwei winzigen kleinen Fensterchen. –

Der erste November war der schönste Herbsttag, den man sich denken konnte. In der Mittagstunde schien die Sonne warm und freundlich auf das buntgefärbte Laub der Bäume, die die kleine Kirche beschatteten. Auf dem freien Platz waren alle Schulkinder in festlicher Kleidung versammelt, und Tante Marie hatte Mühe, die aufgeregte Gesellschaft im Zaum zu halten. Es war ja heute Lissys Hochzeit; sie sollten dabei singen und waren dann alle zum Fest eingeladen, das bei Millers gehalten werden sollte. Jetzt kam Robert, der stets der Letzte war, atemlos gelaufen. »Sie kommen, sie kommen«, rief er; »sie sind schon ganz nah!« Sogleich fingen die beiden ältesten Knaben an, die Glocke zu läuten, während sich die übrigen im Halbkreis vor der Tür ordneten. Schnell füllte sich der Platz mit Wagen und Pferden, die Gäste ordneten sich und zogen unter dem lieblichen Gesang der Kinder in die Kirche. Voran Jenny Miller und Lenchen Werner in weißen Kleidern, den Weg mit den letzten Herbstblumen bestreuend. Wie lieblich sah Lissy aus unter dem langen weißen Schleier! »Ganz wie der Christengel an vorletztem Weihnachten«, flüsterte Berta Hill ihrer Nachbarin zu. Paulchen ging dicht neben seiner Mutter, die in beständiger Angst war, daß er sein Mißfallen über das Weggehen Lissys, die er immer ganz als die seinige betrachtet hatte, laut werden lassen könne. Aber er hielt sich tapfer und hatte noch nie in seinem Leben so manierlich ausgesehen wie heute in dem neuen blauen Anzug mit dem steifen weißen Kragen. Mit herzlicher Freude gab der gute Pastor die beiden jungen Leute zusammen, die in ihrer verwaisten Jugend schon eine Zierde der Gemeinde gewesen waren, und viele herzliche Gebete und Segenswünsche stiegen für das junge Paar zu Gott empor. Nach der Trauung bestieg man wieder die Wagen, auch die Schulkinder wurden noch darin untergebracht, so gut es ging; und nun fuhr der fröhliche Zug nach Millers Haus, den Weg mit allerlei Gesängen kürzend. Ernst und Lissy saßen still glücklich nebeneinander, gedachten der längst verstorbenen Eltern und dankten Gott, der ihnen den Segen derselben so reichlich zukommen ließ.

Wer aber beschreibt das Gedränge, das nun bei Millers entstand! Die zwei großen Zimmer im Erdgeschoß und die Küche waren ganz ausgeräumt, selbst die Betten der Familie auf den Boden geschafft, um Platz zu gewinnen für die langen Tafeln, die schön gedeckt und reichlich besetzt bereit standen. Aber nur der dritte Teil der Gäste, nämlich das junge Ehepaar und alle verheirateten Leute, fanden Platz darin; die Jugend mußte sich gedulden und vertrieb sich die Zeit mit munteren Spielen in dem großen Hofraum, der heute so rein gepflegt und aufgeräumt war, wie ihn niemand je gesehen hatte. Die größten Schulmädchen liefen geschäftig mit blanken Kaffeekannen hin und her und füllten die Tassen immer von neuem. Weiter bedurften die Gäste keiner Bedienung, sie langten tapfer zu nach all den guten Dingen, die in den letzten Tagen mit vereinten Kräften von allen Nachbarsfrauen zubereitet worden waren.

»Willst du einmal die Vorratskammer sehen?« flüsterte Jenny Miller Lenchen zu, die mit Richard an der Hand dem Spiele zusah. »Du wirst aber große Augen machen; so viel Kuchen hast du noch nicht beisammen gesehen.«

Sie zog sie mit sich fort nach einem kleinen Häuschen, das im Sommer als Küche diente, und Lenchen konnte allerdings große Augen machen über diese Fülle von guten Dingen. Auf einem langen Tisch standen ganze Reihen von Schinken gebratenen Truthühnern und Gänsen, die Bretter an der Wänden waren beladen mit hohen Schichten von allerhand Kuchen und Pasteten, und in der Ecke lag auf einem weißen Tuch ein ganzer Berg von Broten und Semmeln. Die jungen Mädchen in weißen Schürzen waren eifrig beschäftigt, die Teller und Schüsseln zu füllen, mit denen sie den Tisch zum zweitenmal besetzen wollten.

»Aber«, sagte Lenchen, »das können sie doch nicht alles aufessen! Das sieht aus, als müßt's ein ganzes Jahr langen.«

»O, warte nur!« entgegnete Jenny. »Jetzt kommen die jungen Leute dran, die helfen schon viel, und zuletzt wir Kinder. Es sind zweiundfünfzig Kinder da, ich habe sie gezählt. O, wie freu' ich mich, wenn wir erst dran kommen! Ich habe schon solchen Hunger, daß ich's kaum mehr aushalte; du gewiß auch. Hier, nimm indessen ein Stück Kuchen und gib Richard auch eins. Aber sieh, sie spielen jetzt die große Schlange; da müssen wir dabei sein. Setz' Richard indessen auf die Erde.«

Dazu war Lenchen aber viel zu ängstlich; so gern sie auch mitgespielt hätte, bewachte sie doch das Brüderchen treulich, bis die Mutter herauskam und sie in Freiheit setzte.

Jenny hatte richtig geurteilt: die jungen Leute brachen schon eine gewaltige Lücke in die großen Vorräte, und die Leistungen der Kinder, die sehr spät zum Essen kamen, waren wirklich der Bewunderung wert. Dennoch hatte man noch viele ansehnliche Reste zur Verfügung, und alle, die etwa durch Alter oder Krankheit abgehalten waren zu kommen, wurden noch reichlich bedacht.

Als die Dämmerung hereinbrach, waren die Tafeln bereits weggeräumt, die Zimmer gefegt, und die Gesellschaft setzte sich zu traulicher Unterhaltung auf die rings an den Wänden befestigten Bänke. Die Alten erzählten ihre Abenteuer aus vergangener Zeit, die Jungen sangen zwischendurch ihre Lieder, und die Kinder hockten gruppenweise in Winkeln, Rätsel aufgebend und Märchen erzählend, bis auf die Kleinsten, die es vorzogen, im Schoße der Mütter zu schlummern.

Brauns waren nicht zu dem Fest gekommen; die laute Fröhlichkeit tat ihren trauernden Herzen noch weh. Sie waren, nachdem sie der Trauung beigewohnt, in die Stadt gefahren, um für ihre Enkelchen Winterkleider einzukaufen. Da, als schon einige sich zum Fortgehen rüsteten, hielt Brauns Wagen vor dem Hof.

»Hier bringe sich noch einen Hochzeitsgruß von der Post«, rief Herr Braun, warf den Herbeieilenden einen großen Brief zu und fuhr davon.

»Von Martin«, sagte Ernst fröhlich, ein großes Blatt auseinanderfaltend.

»O, wie schön, wie schön!« riefen Lenchen und Hänschen, die sogleich herbeigeeilt waren.

Es war ein Hochzeitsgedicht, das Martin selbst ausgedacht, ganz wunderschön aufgeschrieben und mit roten und goldenen Anfangsbuchstaben verziert hatte. Ernst mußte es gleich vorlesen; es hieß so:

»Zum frohen Hochzeitsfeste
Kommt auch von mir ein Gruß,
Weil von der Schar der Gäste
Ich ferne bleiben muß.
Doch reiche ich Euch beiden
Im Geist die treue Hand;
Gott möge Euch geleiten
In Eurem Ehestand!

In Eurem Häuslein wohne
Gesundheit, Fried' und Glück;
Die Felder Euch verschone
Gott stets vor Mißgeschick;
Im Garten laß er schwellen
Die Früchte süß und rund;
Das Vieh in Euren Ställen
Sei schön und stets gesund.

Ich muß noch lange warten,
Eh' ich darf zu Euch ziehn.
Doch wenn in Eurem Garten
Die schönsten Rosen blühn,
Wenn erst mit vollen Ähren
Die Felder golden stehn,
Dann darf ich wiederkehren
Und Eure Heimat sehn.

Dann feiern wir zusammen
Die frohe Hochzeit nach,
Und Lissy backt den Kuchen,
Den ich am liebsten mag.
Bis dahin und auch ferner
Erhalt' Euch Gott gesund.
Das wünscht Euch Martin Werner
Aus tiefstem Herzensgrund.«

9 Fremde Gäste

Martin befand sich sehr wohl in seiner Schule und kämpfte tapfer gegen das Heimweh, das seinem weichen Herzen am Anfang viel zu schaffen machte. Er schrieb fleißig an seine und Georgs Eltern und wußte gar nicht genug zu rühmen, wie freundlich die Lehrer und Mitschüler zu ihm seien und wieviel Neues und Herrliches es hier zu lernen gäbe. »Doch fürchte nicht, liebe Mutter«, schrieb er, »daß ich ein Bücherwurm oder ein verwöhntes Herrchen werde. Wir müssen überall mithelfen, unsere Zimmer reinigen, Holz spalten, Wasser zur Küche tragen und Hof und Garten sauber halten. Doch nimmt das alles nur wenige Stunden Zeit weg, sonst wird fleißig gelernt und auch viel Musik gemacht. Ich lerne Klavier und Violine spielen, und es wird mir eben nicht zu schwer, auch ist der Lehrer recht zufrieden. Ich habe nun auch eine Waschtante; so nennen wir die Frauen, die uns die Wäsche besorgen. Sie tun es umsonst, behalten uns noch dazu den Sonntag über bei sich und pflegen uns aufs beste. Meine Waschtante wohnt eine Stunde weit von hier auf dem Land, denn ihr Mann ist Farmer; er heißt Schubert. Sonnabend früh wandere ich hinaus; Karl und Ludwig Schubert, Zwillinge in Hänschens Alter, kommen mir schon von weitem entgegen, und der kleine zweijährige Gotthold steht unter der Tür und ruft: ‚Martin, Martin!' Ich bin so froh, daß Kinder hier sind; ich würde mich sonst zu sehr nach den Geschwistern sehnen. Lenchens Brief hat mich sehr gefreut. Denkt Hänschen denn noch an mich?«

Es war vielleicht gut, daß Martin nicht wußte, wie sehr man ihn zu Hause vermißte. Besonders seit Ernsts Hochzeit vorbei war, war es recht still und einsam bei Werners geworden. Lenchen sollte diesen Winter regelmäßig zur Schule gehen und blieb deshalb meist von Montag bis Freitag bei Hills, da die Mutter zu ängstlich war, sie den weiten Weg täglich allein reiten zu lassen. So blieben Hänschen und Richard allein zurück und machten der Mutter oft viel Sorgen und Mühe. Denn so bereitwillig Hänschen auch war, dem Vater draußen zu helfen, Holz und Wasser zu tragen oder mit Heinrich hinter dem Pflug herzugehen, so ungeduldig wurde er, wenn er den kleinen Bruder beaufsichtigen sollte. Richard fing eben an, allein zu laufen und zu klettern, so daß er stets überwacht werden mußte. Und Hänschen kam sich wie ein gefangener Vogel vor, wenn er, als die rauhe Witterung eintrat, bei dem Kleinen in der Stube bleiben mußte, während die Mutter in der Milchkammer oder mit der Wäsche beschäftigt war. »Warte nur«, sagte er oft zu Richard, »wenn ich nur erst sieben Jahre alt bin, dann bin ich groß und stark und reite mit Lene in die Schule; dann braucht sie nicht mehr bei Hills zu wohnen. Wenn dann ein Wolf kommt, puff, schieß' ich ihn tot, daß er ihr nichts tun kann. Du kannst dann allein spielen mit deinem langweiligen Baukasten.« Auf ernstes Zureden der Mutter fand er sich zwar nach und nach in sein Schicksal, dennoch war es ein schwerer Winter für den kleinen Wildfang.

Desto fröhlicher begrüßte er den Frühling. Nun ging's hinaus in Hof und Garten. Richard lernte immer schneller laufen und wurde nach und nach ein ganz lieber kleiner Spielgefährte. Endlich konnte er den kurzen Weg durch die Felder bis zu Ernsts Haus zurücklegen; oft fuhr ihn Hänschen auch im Wägelchen dahin, und nun war alles Leid vergessen. Dort fanden sie meist noch einen dritten kleinen Kumpan, nämlich Paulchen, der fast mehr bei Lissy wohnte als zu Hause und dadurch sehr an Artigkeit und sauberem Aussehen zunahm.

Bei Ernst und Lissy war's immer schön. Sie richteten sich ihren neuen Garten ein; da durften die kleinen Burschen allerlei helfen, Steine auflesen, Erde in kleinen Schubkarren herbeifahren oder Unkraut ausreißen. Hatten sie sich dann müde gearbeitet, so brachte Lissy ein gutes Vesperbrot, das sie am liebsten in dem kleinen Häuschen verzehrten. Das hatte sich im Wintersturm als ganz fest bewährt, war mit einem Tischchen und kleinen Bänken ausgestattet und von Lenchen mit allerlei bunten Bildchen verziert worden. Daß es sehr eng darin zuging, erhöhte noch das Vergnügen, und selbst Lenchen und Berta verschmähten nicht, zuweilen mit ihren Puppen Hänschens Gäste zu sein.

An einem schönen Nachmittag im Mai spielten Hänschen, Richard und der kleine Paul vergnügt auf Lissys Hof, als diese mit einem Korb am Arm heraustrat und zu Hänschen sprach:

»Ich muß jetzt aufs Feld hinausgehen und dem Vater und Ernst das Vesperbrot bringen. Das eure steht in der Küche, tragt es in das Häuschen und bleibt ruhig darin, bis ich wieder komme. Gib ja acht auf die Kleinen und laß sie nicht davonlaufen.«

Bald saßen die Kinder in ihrer Hütte, ganz vertieft in die süße Milch und das frische Butterbrot. Aber horch, kam da nicht ein Wagen, mit einer groben Leinwandplane bedeckt und mit zwei kräftigen, aber anscheinend sehr müden Pferden bespannt. Ein Mann von seltsamem Aussehen war eben im Begriff, an die Küchentür zu klopfen; sein Haar und Bart war lang und struppig, sein Gesicht von der Sonne dunkelbraun verbrannt. Er war bekleidet mit einem groben blauen Kittel, in dem Ledergurt steckten ein Paar Pistolen und ein langes Messer, auf dem Kopf trug er einen breiten alten Filzhut und an den Beinen rauhe Lederstrümpfe.

»Was willst du hier, Mann?« rief Hänschen beherzt. »Es ist niemand zu Hause.«

Auf diesen Ruf hob sich die Leinwandplane ein wenig und mehrere blonde Kinderköpfe guckten heraus, zogen sich aber gleich wieder schüchtern zurück. Der Fremde trat auf Hänschen zu und fragte mit freundlicher Stimme:

»Wo ist dein Vater, mein Kind? Ich wollte ihn nur fragen, ob wir hier ein wenig ausruhen und die Pferde tränken dürfen; wir fanden lange kein Wasser.«

»Hier wohnt nicht mein Vater, hier wohnt Ernst. Aber deine Pferde dürfen trinken, wenn sie durstig sind; ich erlaube es dir.«

Lächelnd nahm der Mann einen Eimer aus dem Wagen und füllte ihn am Brunnen; da hob sich die Plane von neuem, die Köpfchen erschienen wieder, und einige zarte Stimmen riefen: »Wasser, lieber Vater! O, gib uns Wasser!« während ein kleines mageres Händchen einen alten Blechtopf herausreichte.

Nun war Hänschens Furcht überwunden. Er sprang zum Brunnen, füllte den Topf und tränkte die durstigen Kinder, die ihm freundlich zulachten.

»Wem gehört denn dieses Haus?« fragte der Fremde. »Du sagst ja, dem Ernst; wie heißt er denn noch weiter?«

»Gar nicht weiter«, erwiderte Hänschen, »es ist unser Ernst.«

»Kuntze!« schrie ganz unverhofft Paulchens Stimme dazwischen, den die Neugier aus seinem Versteck getrieben hatte, als er merkte, daß der Mann keine Anstalten zum Totschießen machte.

Der Name war ihm unvergeßlich geblieben. Es hatte ihn zu sehr geärgert, daß Ernst der armen Lissy auch noch ihren Namen wegnahm, und er hatte ihm oft versichert, Kuntze klinge viel schlechter als Miller.

»Ernst Kuntze«, sagte der Fremde vor sich hin. »Sollte das mein Ernst sein? Ach, das Glück wäre zu groß!«

»Nein«, rief Hänschen empört, »es ist nicht dein Ernst! Es ist unserer und Lissys. Dort kommt sie eben vom Feld, sie wird dir's besser sagen.«

Mit schnellen Schritten kam die junge Frau den Feldweg entlang, sie hatte von weitem den Wagen gesehen und war besorgt um die Kleinen. Der Fremde trat ihr entgegen und sprach:

»Nehmt's nicht übel, liebe Frau, daß ich hier meine Pferde tränke; wir kommen von weither über die Prärie und fanden heute noch kein Wasser. Meine Frau liegt krank im Wagen, und auch die Kinder sind schwach und elend. Wenn Ihr ihnen ein wenig Milch geben wollt, wird Gott es Euch lohnen.«

»O gern!« erwiderte Lissy. »Ich werde gleich die Kühe melken, dort kommen sie eben herein; dann sollen sich alle recht satt trinken. Wie heißt Ihr denn, guter Mann, und wo kommt Ihr her?«

»Mein Name ist Peter Gläß. Wir kommen aus dem wilden Westen, aus den Felsengebirgen; dort haben wir lange gewohnt.«

»Peter Gläß?« rief Lissy voller Freude. »Dann seid Ihr ja meines Mannes guter Freund, von dem er mir so viel erzählt hat. O, wie wird er sich freuen! Dies ist ja Ernst Kuntzes Farm, und ich bin seine Frau! Hänschen, was stehst du noch da? Lauf doch hinaus zu Ernst, du weißt ja den Weg. Sag', Peter Gläß sei hier mit seiner Frau und seinen Kindern. Und nun, ihr Lieben, seid mir willkommen! Kommt nur alle aus dem garstigen Wagen und herein ins freundliche Haus.«

Die fremden Kinder hatten indes die Plane vollends geöffnet, so daß die bleiche Frau, die, ein kleines Kindlein im Arm, auf einem Strohsack lag, das Gespräch mit angehört hatte. Ein frohes Lächeln flog über ihre schönen Augen, sie strahlten voll neuer Hoffnung, als sie Lissy die Hände entgegenstreckte.

»Ach, Gott sei Dank«, sagte sie mit matter Stimme, »daß wir wieder zu guten Menschen kommen! Ich und mein armes Kindlein hätten's ja nicht mehr lange ausgehalten auf der Reise.«

Zärtlich half Lissy der Kranken aus dem Wagen und führte sie mit Peters Hilfe ins Haus, wo sie bald auf einem bequemen Lager ruhte, während Lissy davon eilte, um schnell die Kühe zu melken. Kaum hatte Peter die andern vier Kinder aus dem Wagen gehoben, als auch Ernst schon atemlos gelaufen kam, und im nächsten Augenblick langen sich die Freunde in den Armen.

»Bist du's wirklich, Peter?« rief Ernst. »Ja, ich erkenne deine treuen Augen. Aber du mußt Schweres erlebt haben, du siehst alt und abgehärmt aus.«

»Und du mußt lauter Schönes erlebt haben.« sagte Peter freundlich, »denn du blühst ja wie eine frische Rose.«

»Also das sind die Kinder«, rief Ernst, eines nach dem andern emporhebend und küssend. »Das ist mein Annchen mit ihren blonden Zöpfchen; wie groß ist die geworden! Das muß der kleine Peter sein, und dies das Gretchen. Den kleinsten Kerl hier kenne ich noch gar nicht! Aber wo ist Willi, mein Herzensjunge?«

»Er schläft«, sagte Peter leise.

»Ist er krank? Liegt er im Wagen?« fragte Ernst bestürzt.

»Nein«, erwiderte Peter, indem helle Tränen in seinen Bart flossen, »er schläft an deines Richards Seite auf dem Hügel in der Wildnis, bis Gottes Stimme einst beide erweckt.«

Damit neigte er seinen Kopf auf die Schulter seines Freundes, und sie weinten zusammen, bis Ernst sich aufraffte und ihn ins Haus führte.

Nun entstand ein gar geschäftiges Hinundherlaufen zwischen Ernsts und Werners Haus, um für das Unterkommen der Gäste zu sorgen, die gleich aller Herzen gewonnen hatten. Waren doch die Kinder gar so lieblich mit ihren glänzenden blauen Augen und goldigen Löckchen! Waren ihre Kittelchen auch nur von rauhem selbstgewebtem Zeug und der Zuschnitt derselben ganz und gar nicht nach der Mode, so störte das hier niemanden, und noch vor dem Schlafengehen war zwischen ihnen und Werners Kindern die innigste Freundschaft geschlossen.

»Seit du uns verließest, lieber Ernst«, erzählte Peter, »haben wir eigentlich nicht viel gute Tage gesehen. Die Burschen, die dein Land gekauft haben, sind gute Menschen, aber doch etwas wild und roh und konnten uns deine und Richards Gesellschaft nicht ersetzen. Sie leben so recht als Waldläufer, sind oft lange auf Streifzügen abwesend, kommen dann reich mit Jagdbeute beladen wieder heim und ziehen dann von neuem fort, um die Felle in irgendeiner fernen Stadt zu verkaufen. Mit dem Landbau nehmen sie's leicht, ein wenig Maisbrot genügt ihnen als Zugabe zu ihrem Wildbraten, und dein sauberes Gemüsegärtchen würdest du nicht wieder erkennen. Wir hofften immer, daß sich nach und nach einige Familien in der Nähe niederlassen und daß Neu-Athen sich etwas vergrößern würde. Aber es geschah das Gegenteil. Die Indianer brachen den Frieden immer von neuem, ermordeten einmal eine ganze Familie nur wenige Meilen von dem Städtchen entfernt, so daß ich jedesmal Todesangst ausstand, wenn ich meine Frau und Kinder auf einige Stunden verlassen mußte. Als ich einst nach langer

Unterbrechung wieder einmal nach Neu-Athen fuhr, um einiges einzukaufen, was wir nicht länger enbehren konnten, fand ich die Hälfte der Häuser verlassen. Fast alle, die Frauen und Kinder hatten, waren aus Furcht vor den Rothäuten weiter nach Osten gezogen, im Laden war nichts Rechtes mehr zu haben, und die zurückgebliebenen Männer führten ein so wildes, wüstes Leben mit Spielen, Trinken und Streiten, daß mir's davor grauste. Als ich zu Hause erzählte, wie es stand, war meine Frau sehr betrübt und bat mich flehentlich, doch alles zu verlassen und wieder nach bewohnten Gegenden zu ziehen. Sie hatte mit wahrem Heldenmut alles mit mir getragen, wie du wohl weißt, aber es lag ihr schwer auf dem Herzen, daß die Kinder so ohne Unterricht aufwuchsen, daß so gar keine Hoffnung war, eine Kirche oder Schule in der Nähe zu haben, und sie allen Umgang mit guten Menschen, der für Kinder so nötig ist, entbehren mußten. Ich selbst hatte schon oft daran gedacht, daß wir wohl schwerlich noch lange ausharren konnten, aber doch ward es mir schwer, die Früchte so unsäglicher Mühe und Arbeit freiwillig zu verlassen. Mühselig lebten wir dahin bis vorigen Herbst, wo unser kleines Lieschen geboren wurde. Meine Frau, die sonst immer so frisch und munter war, so zart sie auch aussah, konnte sich nach der Geburt des Kindes gar nicht erholen und fiel in eine lange, schwere Krankheit. Was wir in dieser Zeit gelitten haben, kann ich nicht beschreiben. Mein kleines Annchen versorgte wie ein Mütterlein die jüngeren Geschwister und arbeitete sich die Händchen wund. Ich und Willi mußten Holz fällen, das Vieh versorgen, Brot backen, waschen und scheuern und dabei die Mutter und das Kleine pflegen, so gut es gehen wollte. Dabei stand mir das Entsetzliche vor Augen, daß es Gott gefallen könne, die arme Frau aus allem Elend hinwegzunehmen und mich mit den hilflosen Würmchen allein zu lassen. Endlich erholte sie sich etwas, sie saß wieder im Bett und flickte den Kindern die armseligen Kittelchen; da zog ein neues Elend ein. Es war ein solcher Winter, wie du ihn dort erlebt hast, lieber Ernst; kein glänzender Schnee bedeckte die Berge und kein frischer Frostwind belebte die Nerven. Regen, nichts als Regen, der Himmel grau wie ein Sack, die Erde beinahe in einen Sumpf verwandelt. Die Kinder sahen schon lange blaß und elend aus, und als die Mutter wieder ein wenig aufstehen konnte, erkrankte eins nach dem andern an einem bösen Fieber; nur Willi blieb gesund und stand mir mit fast männlicher Kraft und Fassung in allem bei. Eines Tages lag Annchen in entsetzlicher Hitze; sie kannte niemand mehr und sprach immer von Indianern, die uns umbringen wollten. Mein Vorrat an Fiebermedizin war verbraucht, so daß ich ganz machtlos war, das Leiden des Kindes zu lindern. Da trat Willi zu mir und sprach: ‚Vater, es ist heute nicht so schlechtes Wetter; laß mich doch zur Nachbarhütte reiten und um etwas Arznei bitten. Franz sagte mir, sie hätten eine große Menge mitgebracht, als sie neulich in Neu-Athen waren. Wenn ich eile, kann ich in wenigen Stunden zurück sein.' Einen Augenblick schwankte ich, als ich aber sah, daß auch Peter sich wild herumwarf und vor Hitze glühte, ließ ich ihn ziehen. Nach langen bangen Stunden, wo wir oft meinten, Annchen tue den letzten Atemzug, kam er glücklich zurück und streckte mir schon von weitem die Schachtel mit dem Pulver entgegen. Er und das Pferd waren mit Schlamm fast bedeckt, aber seine Wangen glühten vor Freude, daß nun sein liebes Annchen bald besser werden würde. Als er abstieg, sah ich mit Schrekken, daß seine Kleider ganz durchnäßt waren und ein heftiger Frost in schüttelte. ‚Es ist weiter nichts', sagte er. ‚Der Bach war so sehr angeschwollen, da kam ich etwas tief ins Wasser; mach' dir keine Sorgen, lieber Vater.' Meine Frau kochte ihm einen Kräutertee und ließ ihn gleich zu Bett gehen, während ich den Kindern die Arznei einflößte und mit angstvollem Gebet auf ihre Wirkung wartete. Und siehe, eins nach dem anderen beruhigte sich und sank in sanften Schlummer. Bei meinem armen Jungen aber brach die vielleicht schon lange verhaltene Krankheit mit schrecklicher Gewalt aus, und nach wenigen Tagen, als uns die Kleinen wieder mit hellen Augen ansahen, schied unser lieber, treuer Sohn aus seinem jungen Leben, das so rauh und mühevoll gewesen war. In den wenigen lichten Augenblicken während seiner Krankheit betete er in kindlicher Einfalt, daß Gott ihn in den Himmel nehmen und uns an einen recht guten Ort bringen möge, wo keine Indianer seien und kein so böses Fieber. Als ich nach dem Begräbnis meines Lieblings, bei dem mir die Nachbarn hilfreiche Hand leisteten, wieder in die Hütte trat, reichte ich meiner Frau die Hand und versprach ihr, sobald die Frühlingssonne die Erde getrocknet habe, fortzuziehen aus dieser hoffnungslosen Gegend, damit unsers Sohnes letzter Wunsch sich erfüllen möge. Der Rest des Winters verging unter vielen Mühsalen und Entbehrungen, die Frau kränkelte fort und fort; auch die Kinder blieben schwach aus Mangel an geeigneter Nahrung, und die Furcht vor den Indianern stieg immer mehr, so daß ich mich kaum noch in den Wald wagte, um ein Stück Wild zu schießen. Es hieß zwar in Neu-Athen, die Regierung wolle in der Nähe ein Fort bauen und Soldaten hineinlegen, um die Wüteriche in Schranken zu halten. Aber wer mochte darauf noch warten? So packten wir denn vor drei Wochen alles zusammen, was des Mitnehmens wert war, nahmen Abschied von den beiden Gräbern, befahlen uns in Gottes Schutz, zogen von dannen und sind nun hier. Wenn mir nur jemand ein Stück Land leihen wollte, wo ich von neuem anfangen könnte! Ich wollte nicht ruhen, bis ich's ihm bezahlt hätte.«

»Nun, lieber Peter«, sagte Ernst, »dazu kann wohl Rat werden. Jetzt will ich dir aber dein Lager zeigen, damit du wieder einmal in Ruhe schlafen kannst. Morgen schon will ich dich zu einem führen, der dir vielleicht helfen kann.«

Am andern Morgen, als Frau Werner aus dem Stall trat, wo sie die Kühe gemolken hatte, waren ihre drei kleinen Gäste schon eifrig am Brunnen beschäftigt. Annchen bearbeitete Gretchens Gesicht mit einem rauhen Lappen und hielt ihr Köpfchen zum Abspülen unter die Brunnenröhre, während Peter mit hochaufgestreiften Höschen in einem Waschfaß herumpatschte, um sich recht gründlich zu reinigen.

»Ei, Kinder«, rief Frau Werner, »ihr werdet euch erkälten. Ich hab' euch ja ein Waschbecken in die Kammer gestellt.«

»Wir wuschen uns daheim immer am Bach«, sagte Annchen, »und in der Kammer stand nur eine schöne weiße Schüssel. Vor vielen Jahren hatten wir auch einmal so eine und haben Suppe daraus gegessen, nun ist sie schon lange entzwei.«

»Nun, so kommt in die Küche; ich will das Frühstück zurechtmachen. Lenchen und Hänschen werden auch gleich aufstehen.«

»Soll ich dir Holz holen?« fragte Peter. »Oder deine Pferde füttern?«

Annchen aber hatte ungeheißen schon das Feuer im Kochofen angezündet und den Kessel mit Wasser gefüllt, während Frau Werner die Milch forttrug und nach ihren Kindern sah. Am Frühstückstisch gab's viel zu bewundern.

»Sie mal, Annchen«, sagte Peter, auf seine Tasse zeigend,

»was das für ein schöner Trinktopf ist, mit einer Blume darauf, und ein feiner Teller ist noch darunter.«

Gretchen aber blickte unverwandt in eine Ecke des Zimmers, wo etwas ihre ganze Aufmerksamkeit in Anspruch nahm. Und als Frau Werner ihr ein großes Stück Kuchen reichte, schlüpfte sie von der Bank, lief in die Ecke und bot es Lenchens großer Puppe, die dort auf einem Stühlchen saß, mit den Worten an: »Armes kleines Kindchen, hast gar nichts zu essen!«

So kamen die Kleinen den ganzen Tag nicht aus dem Erstaunen heraus; die Wanduhr, das volle Bücherschränkchen, Richards Schaukelpferd und Lenchens niedlich eingerichtetes Arbeitskästchen waren für sie nie gesehene Wunderdinge. Und als endlich abends Frau Werner die große blanke Lampe anzündete, rief Gretchen entzückt: »Scheint eine Sonne in der Stube, eine schöne Sonne!«

Lieblich war es anzusehen, wie freundlich die Kinder miteinander umgingen und Streit und Zank gar nicht zu kennen schienen. Ja, als das wilde Hänschen im Eifer des Spiels einmal nach dem kleinen Richard schlug, wich Peter erschrokken zurück und rief mit solcher Entrüstung: »O, du böser Bub du!« daß Hänschen sich herzlich schämte.

Die kranke Mutter war durch die Ruhe auf dem guten Lager sehr gestärkt und fing gleich an, Lissy in den leichteren häuslichen Geschäften beizustehen, und die beiden waren auf dem besten Wege, recht innige Freundinnen zu werden.

Peter und Ernst aber machten sich, als die nötigste Arbeit getan war, auf den Weg, um Herrn Braun ihr Anliegen vorzubringen. Mit schlichten Worten schilderte ihm Peter seine Not und fügte hinzu:

»Ich wollte mich ja gern als Knecht verdingen. Aber wer nimmt einen solchen mit einer Frau und fünf Kindern?

Darum bitt' ich Euch, wollt Ihr mir ein kleines Stückchen Land überlassen, wo ich mir eine Hütte bauen kann, so will ich's Euch zeitlebens danken.«

Herr Braun besann sich eine Weile, dann legte er seine Hand auf Peters Schulter und sprach:

»Borgen kann ich Euch nichts, guter Freund. Das würde keine Wohltat für Euch sein; denn borgen macht Sorgen, und die scheint Ihr gerade genug gehabt zu haben. Ihr werdet viele Ausgaben haben; denn Ihr müßt Euch ordentlich einrichten, und Eure Kinder können hier nicht so herumlaufen wie im Urwald. Ich will Euch einen Vorschlag machen. Ich habe ein paar Felder, die durch ein großes Stück Buschland von der übrigen Farm getrennt sind, eine schöne Weide ist auch dabei. Mir und meinem Paul sind sie nur eine Last; sie sind uns zu weit entlegen; seit wir nur noch einen Knecht halten. Aber verwildern möchten wir das schöne Land nicht wieder lassen. Wollt Ihr's geschenkt haben, so nehmt's, ich bin froh, wenn ich's los bin. Das Buschland ist auch mein; davon will ich Euch ein Stück abgrenzen, wo ihr ein Häuschen bauen, Bäume fällen und ausroden könnt ganz nach Eurem Belieben. Es ist fetter Boden und wird einen guten Garten geben. Nun, schlagt Ihr ein?« schloß er, dem Erstaunten die Hand hinhaltend.

Peter erfaßte sie, war aber so ergriffen, daß er kein Wort herausbringen konnte. Und als er endlich begann, Dankesworte zu stammeln, brach er in Tränen aus, und der starke Mann, der so viel Unglück tapfer getragen, war durch das unverhoffte Glück ganz überwältigt und konnte sich lange nicht fassen. Braun aber beruhigte ihn freundlich, indem er sagte:

»Vor dreiunddreißig Jahren war ich so arm wie Ihr und baute mir hier die erste elende Blockhütte. Ist's etwa mein Verdienst, daß mir's besser geglückt ist als Euch?«

Zu seiner Frau aber sprach er am Abend mit fröhlichem Gesicht: »Siehst du wohl, mein Fieckchen, wozu uns Gott den Reichtum gegeben hat?« –

Vier Wochen waren vergangen. Auf Peters Land stand für den Sommer einstweilen eine Blockhütte, da man erst nach Schluß der Ernte ans Bauen eines Häuschens gehen konnte. Vor derselben hielt eines Sonntags Brauns Wagen, um die Familie zur Kirche abzuholen. Mutter und Kinder waren vollständig genesen und bestiegen in offenbar sehr feierlicher Stimmung den Wagen, während Peter im stattlichen Sonntagsanzug sich auf sein Pferd schwang. Annchen trug ein abgelegtes Kleid von Lenchen, alle aber waren neu und festlich geschmückt. Denn heute sollte der sehnlichste Wunsch der Mutter sich erfüllen: die Kinder sollten getauft werden. Vor zehn Jahren, als Anna ein ganz kleines Kind war, kam einst ein Indianermissionar in die Hütte, um einen Tag zu rasten; da waren Willi und sein Schwesterchen getauft worden. Der freundliche Mann hatte versprochen, wieder zu kommen; doch war es nicht geschehen. Wer weiß, welches Schicksal ihn betroffen hatte!

Atemlos lauschte die ganze Gemeinde, als die Kinder an den Taufstein geführt wurden, der mit einer schönen Blumenranke geschmückt war. Lissy trug das kleine Lieschen, dessen Patin sie sein sollte; bei den andern vertraten Werners und Brauns die Patenstelle. Die zwei Jüngsten verstanden freilich noch nicht, was mit ihnen geschah; Peterchen aber sprach selbst mit heller Stimme das Glaubensbekenntnis, das ihn die Mutter schon in der wilden Heimat gelehrt hatte. Und als der Pastor ihn fragte, warum er getauft sein wolle, sagte er so laut, daß es durch die ganze Kirche schallte: »Damit ich selig werde.« Als die blonden Köpfchen sich über das Taufbecken neigten, blieb wohl kein Herz ungerührt; die

Eltern aber weinten helle Freudenstränen über den Segen, der ihren Kindern zuteil wurde. Draußen gingen diese von einem zum andern, wurden von allen geliebkost und erhielten so viele kleine Geschenke, daß es war, als sei das Christkindlein eingekehrt.

Brauns aber ließen sich's nicht nehmen, die ganze Familie festlich zu bewirten; auch Werners, Ernst und Lissy mußten dabei sein. Das beste Zimmer, das lange ungebraucht stand, war heute geöffnet und von Elli mit duftenden Rosensträußen geschmückt worden. Schüchtern betrachtete das kleine Gretchen alle die nie gesehenen Herrlichkeiten und blickte durch die geöffnete Glastür in den wohlgepflegten Garten, dessen Blumenbeete sie besonders entzückten. Dann zupfte sie die Mutter am Kleid und fragte leise:

»Mama, wo ist denn nun unser Willi?«

»Ach, liebes Kind«, antwortete die Mutter mit einem Seufzer, »Willi ist nicht hier, er ist ja im Himmel beim lieben Gott; ich hab' dir's doch schon oft gesagt.«

»Sind wir nicht auch im Himmel?« fragte das Kind verwundert. »Du sagtest gestern, wenn wir getauft wären, kämen wir hin. Dort ist ja auch ein Engelein in dem schönen Garten«, fuhr sie fort, auf die kleine Marie zeigend, die in einem feinen weißen Kleidchen zwischen den Rosenbüschen spielte.

»Warte nur noch ein wenig«, sagte die Mutter, die Kleine an ihre Brust drückend. »Sobald es Gott will, darfst du in den Himmel! Jetzt sollst du noch auf Erden bleiben bei deiner Mutter und ihr eine Freude und ein Trost sein.«

10 Der junge Lehrer

Sechs Jahre waren vergangen, und in der friedlichen Ansiedlung hatte sich manches verändert. Noch mehrere deutsche Familien hatten sich in der Nähe angebaut. Der Wald war an vielen Stellen gelichtet, und es waren mehr Wege angelegt worden, um den Verkehr zu erleichtern. Unter diesen Verhältnissen wuchs auch Tante Maries Schülerzahl bedeutend und fand kaum mehr Raum in dem einzigen Zimmer. Dazu machten ihr die größeren Knaben oft den Kopf warm und das Herz schwer, denn sie waren nicht immer so lenksam wie in früheren Zeiten. Durch den gehobenen Verkehr wich in manchen Häusern allmählich die ländliche Einfalt, ein wilder, ungezügelter Geist zeigte sich nicht selten bei den Kindern und machte eine männliche Zucht für sie erwünscht.

Hans, jetzt der größte unter den Schulknaben, war nicht in die Fußtapfen seines Bruders getreten. Er war ein treuherziger, ehrlicher Junge, aber das Lernen war gar nicht seine Sache, und er mußte vom Vater mit aller Strenge dazu angehalten werden. Desto mehr bewunderten die Kameraden seine lustigen Einfälle und seine Gewandheit im Reiten, Springen und Klettern, so daß er auf dem Spielplatz und dem weiten Schulweg reichlich das Lob erntete, das ihm in der Schule oft versagt blieb. Mit Jubel begrüßte er jedes Jahr die langen Sommerferien, wo er für ganze drei Monate die Bücher in die Ecke werfen und sich im Freien tummeln durfte. Dann gab's auch vom Vater keine Scheltworte mehr, denn in der Arbeit suchte der Junge seinesgleichen, und an Kräften dazu fehlte es ihm auch nicht.

Aber auch die übrigen Familienglieder sahen dem Sommer

mit Freuden entgegen. Da kam ja Martin zu den Ferien heim, mit jedem Jahre größer und blühender, aber auch reicher an Kunst und Kenntnissen. Doch verschmähte er es gar nicht, bei der Feldarbeit tüchtig zu helfen, was den Vater besonders erfreute, während die Mutter sich an seinem Lerneifer und seiner Begabung für Musik ergötzte. So bescheiden er selbst blieb, so stolz waren die Geschwister auf den stattlichen Bruder, der mehr wußte und feiner aussah als andere Leute und so herrlich auf seiner Geige spielen konnte. Da gab es an den warmen Sommerabenden schöne Familienkonzerte auf der Veranda, wenn viele helle Stimmen die schönen Choräle und die lieben deutschen Volkslieder sangen. Freilich brachten Lissys zwei Kinder, Fritz und Klärchen, manchmal einen Mißton hinein, aber sie mochten gar so gern mitsingen, wenn Onkel Martin so schön dazu spielte.

Auch für Brauns waren es Festtage, wenn sie ihren Schützling bei sich haben durften. Sie waren beide schnell gealtert und hatten den Schmerz um den Tod ihres Lieblings nie ganz überwinden können. Doch freuten sie sich der heranblühenden Enkelschar, zu der sie auch Peter Gläßens Kinder rechneten; denn beide Familien waren nach und nach durch eine innige Freundschaft verbunden.

In Peters bescheidenem Häuschen wohnte vielleicht das größte Glück in der ganzen Nachbarschaft; denn die Bewohner desselben kamen sich reich wie Könige vor nach den vielen Entbehrungen und Leiden, die sie in der Wildnis getragen hatten. Gegen Brauns zeigten sie sich so dankbar und anhänglich, daß diese es nie bereuten, ihnen eine Heimstätte geboten zu haben. –

Fünf Jahre lang hatte Martin fleißig studiert, dann war er von dem Direktor des Seminars nach einem nicht weit von seiner Heimat entfernten Ort geschickt worden, um einem kränklichen Lehrer im Amt auszuhelfen und nun auch praktisch zu üben, was er gelernt hatte. Nun war der Kranke wieder genesen, hatte aber Martin gebeten, einen Teil der Sommerferien bei ihm zu verleben. Und es war so ziemlich Herbst geworden, als dieser sich aufmachte, um die Seinen noch auf kurze Zeit zu besuchen, ehe man ihn in ein neues Arbeitsfeld senden würde. Um Geld zu sparen, machte er den größten Teil der Reise zu Fuß und kam müde und durstig in einem kleinen Landstädtchen an, wo er eine kurze Mittagsrast halten wollte.

Aber es sah nicht einladend aus vor dem einzigen kleinen Gasthaus, das gleich am Anfang des Städtchens lag. Ein Viehhändler aus dem Süden war angekommen, und eine große Anzahl Ochsen, Kühe und Maulesel tummelte sich auf dem großen freien Platz oder drängte sich begierig zum Brunnen, wo mehrere wild aussehende Burschen Wasser schöpften und die durstigen Tiere tränkten. Mit Mühe bahnte sich Martin den Weg durch das Durcheinander und trat in die Gaststube, fand sie aber so angefüllt mit rauchenden, trinkenden und eifrig verhandelden Männern, aus deren Mitte die hohe, malerische Gestalt des Viehhändlers emporragte, daß er kaum ein Glas Bier und etwas Brot und Fleisch erlangen konnte. Er ging damit hinaus in die freie Luft und fand eine Bank, etwas entfernt von dem Gewühl, wo er ruhen und dabei beobachten konnte, was vorging.

Die Burschen am Brunnen hatten ihre Arbeit beendigt, die Ochsen und Kühe in eine Umzäunung getrieben und waren dann auch in die Gaststube getreten. Nur der Jüngste von ihnen, ein schöner, schlanker Junge von etwa siebzehn Jahren mit ungewöhnlich dunkler Hautfarbe und kohlschwarzem Haar, blieb auf dem Hof zurück, um eine Herde Maulesel zu bewachen, die, je drei oder vier an den Schwänzen zusammengebunden, unruhig hin- und herliefen und allerlei komische Sprünge machten, sich von der lästigen Fessel zu befreien. Jetzt trat der Händler mit mehreren Männern aus dem Haus. Sie prüften die Maulesel, befühlten sie, ließen sie laufen und springen, und nach vielem Streiten und Lärmen war der Handel abgeschlossen. Einer der Männer schwang sich auf ein bereit stehendes Pferd, trieb die Herde zusammen und jagte sie vor sich her zum Hof hinaus. Der Händler aber warf dem jungen Burschen ein Geldstück zu und sagte: »Die Esel sind fort; du kannst nun auch gehen, ich brauche dich nicht länger.«

Nachdenklich ging der Junge im Hof auf und nieder, blieb endlich vor Martin stehen und fragte mit etwas fremder Betonung in englischer Sprache:

»Ist dies hier Missouri, mein Herr?«

»Ja«, antwortete Martin, »wir sind im Staate Missouri.«

»Ist es im Osten oder Westen davon?« fragte der andere weiter.

»Im Westen, gar nicht weit von der Grenze.«

»Dann muß ich es bald finden!« sagte der Junge leise.

»Ei, was suchst du denn im Staat Missouri?« fragte Martin lächelnd. »Der ist sehr groß, und du scheinst ganz fremd zu sein. Vielleicht kann ich dir helfen.«

»Ich suche eine kleine Kirche mitten im Wald und ein Blockhaus daneben, worin die Kinder lernen.«

»Armer Junge! Kleine Kirchen und Schulen gibt es viele in Missouri. Weißt du nicht den Namen des Ortes, den du suchst?«

»Nein! Aber ich bitte dich, setz deinen Hut ab und laß mich in deine Augen sehen«, rief der Jüngling plötzlich erregt; »denn ich glaube, ja, ich glaube, ich habe es gefunden.«

Martin legte den großen Strohhut beiseite und blickte voll zu dem Fremden auf, der vor Aufregung bebend vor ihm stand und ihm mit seinen schwarzen, funkelnden Augen forschend ins Gesicht blickte. Plötzlich aber warf er sich ins Gras nieder, drückte und küßte Martins Hände und rief:

»Du bist es, du bist es! Ich kenne deine blauen Augen, deine blonden lockigen Haare und deinen freundlichen Mund. Ich weiß auch deinen Namen. Du bist Martin Werner, der Erste in der kleinen Schule im Wald. Weißt du nicht mehr, wie uns der weiße Adler durch das Dickicht führte?«

»Sancho!« erwiderte Martin im höchsten Ernstaunen, den Knienden emporhebend. »Sancho, du armer verlorener Junge, kommst du von selbst zurück zu den weißen Leuten?«

»Werden mich Onkel und Tante noch kennen? Werden sie mich wieder haben wollen? Und wie geht es der weißen Taube, meiner lieben kleinen Schwester?«

»Berta meinst du«, sagte Martin aufstehend; »sie ist groß und schön geworden und hat dich nicht vergessen. Aber ich muß weitergehen, es ist höchste Zeit. Willst du mit oder hast du hier noch etwas zu tun?«

»Der weiße Mann, dem ich die Esel getrieben habe, braucht mich nicht mehr. O, laß mich mit dir gehen! Zwei Winter und zwei Sommer suche ich die Heimat, und meinte schon, ich würde sie nicht mehr finden.«

Nachdem der erste Ausbruch der Freude vorüber war, versank Sancho wieder in die seinem Volk eigentümliche Zurückhaltung und schritt schweigsam und in sich gekehrt neben Martin her.

»Nun, Sancho«, begann dieser nach einiger Zeit, »erzähle mir doch, wie es dir gegangen ist, seit du uns verließest.«

Sancho aber schüttelte den Kopf: »Meine Zunge ist nicht

so beredt wie die meines weißen Freundes. Aber frage mich, so will ich gern antworten, so gut ich's vermag.«

»Bist du damals freiwillig fortgegangen? Oder hat man dich gezwungen?«

»Sancho zwingt niemand! Ich glaubte glücklich zu sein mit meinem Volk.«

»Und warst du es nicht?« fragte Martin weiter.

»Manchmal wohl, aber nicht immer. Ich sehnte mich oft nach der weißen Taube und den andern Kindern. Ich hätte auch gern noch mehr gehört von dem großen Vater im Himmel, der die Welt so geliebt hat.«

»Bliebt ihr unter den Weißen? Oder zogt ihr wieder in die Wildnis?«

»Wir zogen bald weit fort und wohnten an einem Ort, wo es heiß war und wo dichte Wälder und hohe Berge sind. Jahrelang lebten wir ungestört, dann wurden wir vertrieben nach einem Kampf, in dem die Weißen siegten. Wir zogen durch das Gebirge, und in einem engen Tal begegneten wir einem weißen Mann mit seiner Frau und drei kleinen Kindern, die er in einem Wagen mit sich führte. Da taten meine roten Brüder etwas, das mein Herz gegen sie erstarren machte. Sie töteten die Armen, die sich nicht wehren konnten und raubten ihr Gut. Ich aber konnte nicht mehr mit ihnen ziehen, mein Herz zitterte; denn ich dachte an zwei Worte, die der große Vater im Himmel zu den Menschen spricht: ‚Du sollst nicht töten! Du sollst nicht stehlen!' Ich fürchtete, er werde seinen Donner vom Himmel schicken und meine roten Brüder verderben. Darum versteckte ich mich im Wald und blieb lange allein.«

»Woher kam es denn, daß du noch an die Worte des großen Vaters dachtest, da du doch schon jahrelang nichts mehr von ihm gehört hattest?«

»Ich hatte ja das Buch. Ich habe es noch, aber es ist schlecht, und man kann es nicht mehr recht lesen.«

Damit zog Sancho ein Stück buntes Zeug aus der Tasche und wickelte daraus ein Büchlein hervor, dessen Schrift durch Nässe und Schmutz fast unleserlich geworden war, in dem Martin aber bald eines der kleinen englischen Spruchbüchlein erkannte, die Tante Marie an ihre Schüler zu verschenken pflegte.

»Kannst du noch mehr aus dem Buch?« fragte Martin gerührt.

Da blieb Sancho stehen, faltete die Hände und sprach andächtig, wie damals in der Kirche, seinen Weihnachtsspruch: »Also hat Gott die Welt geliebt, daß er seinen eingeborenen Sohn gab, auf daß alle, die an ihn glauben, nicht verloren werden, sondern das ewige Leben haben.«

Martin aber schlang seine Arme um den Indianerknaben und küßte ihn.

Lange gingen sie wieder schweigsam ihres Weges, dann begann Martin das Gespräch von neuem:

»Wo kamst du denn dann hin, nachdem du allein geblieben warst?«

»Als ich allein war, wurde die Sehnsucht nach denen, die mir Gutes taten, immer größer, und ich beschloß zurückzukehren. Ich wußte, daß Bertas Eltern in Missouri wohnten, nicht weit von der westlichen Grenze. So fragte ich in einer Blockhütte nach den Weg nach Missouri. Die Männer lachten und wiesen mich nach Sonnenuntergang. So zog ich fort und kam wieder in ein Land, wo mehr weiße Leute wohnten. Viele waren böse und jagten mich von der Tür, wenn ich um Brot bat. Einer aber war ein rechtes Kind des großen Vaters. Er ließ mich in seiner Hütte ruhen, gab mir Kleider, wie sie die Weißen tragen, und sprach mit mir wie Bertas Vater. Ich diente ihm eine Zeitlang, aber ich kann nicht lange still an einem Ort bleiben. So zog ich wieder fort und traf einen Mann, der viel Vieh vor sich her trieb, wie Onkel Hill. Dem half ich eine Zeitlang, denn er sagte, er ziehe nach Missouri; er zog aber in eine große Stadt und verkaufte dort sein Vieh. So ging es zwei Sommer und zwei Winter. Ich diente den Händlern, weil ich hoffte, Onkel Hill unter ihnen zu finden, aber ich fand ihn nicht.« –

Zwei Tage lang wanderten die Jünglinge zusammen, dann kamen sie spät abends auf Werners Farm an, und die Freude und Verwunderung über Martins braunen Reisegefährten war gar groß. Sancho wäre gern noch in der Nacht nach Hills Hause gelaufen, denn er schien keine Müdigkeit zu kennen, aber Werners bestanden darauf, daß er die Nacht bei ihnen ruhe. Am andern Morgen war Martin sehr verwundert, daß sein Vater durchaus nicht zugeben wollte, daß er Sancho nach Hause begleite. Erst als Lenchen ihn neckend fragte, ob er es denn gar nicht erwarten könne, Berta wieder zu sehen, gab er sich zufrieden. Hans dagegen war nicht wenig stolz, daß er den Wiedergefundenen begleiten durfte, und erzählte bei seiner Rückkehr, wie groß die Freude bei Hills gewesen sei, die ihren Pflegesohn gern wieder aufnahmen und es auch nie bereuen durften. Sancho war ihnen von dieser Zeit an ein treuer Sohn, ein unermüdlicher Knecht und ein wertvoller Gehilfe und Reisegefährte bei dem Geschäft, das ihm weit mehr zusagte als die stille Arbeit des Farmers. In seinen Freistunden lernte er begierig, um nachzuholen, was er so lange versäumt. Obgleich er immer verschlossen blieb, zeigte er doch durch sein ganzes Betragen, daß er nicht, wie Berta fürchtete, wieder ein Heide geworden war, sondern daß ihn Gott mitten unter so vielen Gefahren wunderbar behütet und bewahrt hatte.

Martin konnte diesmal gar nicht so fröhlich und leichtherzig sein wie sonst; er hatte sicher gehofft, zu Hause einen Brief seines Lehrers zu finden mit der Anweisung zu neuer Arbeit. Es war aber keiner angekommen, und doch waren die Ferien schon in vierzehn Tagen zu Ende. Es verdroß ihn fast, daß seine Eltern und Geschwister seine Sorge gar nicht zu teilen schienen; sie waren im Gegenteil besonders fröhlich und schienen allerhand kleine Geheimnisse unter sich zu haben. Lenchen war fast gar nicht zu sehen, Hans und Richard aber überhäuften ihn mit Zärtlichkeit und waren dabei ganz übermütig und ausgelassen.

Endlich kam der Sonntag herbei. Leider war es kein Kirchsonntag, denn die kleine Gemeinde mußte sich immer noch damit begnügen, daß der Pastor an jedem zweiten Sonntag zu ihr herauskam. Dennoch schlug der Vater nach dem Mittagessen eine Fahrt in den Wald vor.

»Du möchtest doch den Platz wiedersehen, Martin«, sagte er; »die alte Schule ist recht baufällig und wird nicht mehr lange taugen. Hernach können wir Hills besuchen und über Brauns Farm nach Hause fahren.«

Es war eine fröhliche Fahrt; selten hatte Martin die Eltern so heiter gesehen. Der Mutter liebes Gesicht strahlte ordentlich vor Freude, wenn sie ihn ansah. Und der Vater verwies den Kleinen ihre laute Lustigkeit nicht, sondern stimmte oft selbst in ihr fröhliches Lachen ein. Lenchen allein schien etwas feierlich gestimmt, sie hatte einen großen verdeckten Korb vor sich auf den Wagen gestellt und antwortete auf Martins Frage nach seinem Inhalt nur: »Etwas, das ich zu Hills bringen will.« Jetzt war man im Wald, nur noch um eine Ecke ging der Weg, dann mußte die Kirche zu sehen sein. Da hielt der Vater plötzlich den Wagen an und sprach:

»Mein Sohn, es ist eine kleine Überraschung für dich bereitet von einigen Freunden. Mache doch jetzt die Augen zu und öffne sie erst wieder, wenn ich dir's sage.«

Martin gehorchte, der Wagen fuhr weiter, und nach wenigen Minuten rief der Vater:

»Nun schau' auf, mein lieber Junge, und freue dich!«

Es war gut, daß der Vater seinen Arm um den Jüngling geschlungen hatte, sonst wäre er wohl umgesunken vor freudigem Erstaunen. Der Wagen hielt auf einem großen freien Platz, denn ringsum war der Wald bedeutend gelichtet. Die kleine Kirche war unverändert, nur frisch angestrichen und sauber ausgebessert, aber daneben erhob sich ein freundliches, stattliches Haus mit einem Türmchen in der Mitte des Daches. Die Eingangstür war mit Blumen bekränzt, und davor standen Tante Marie und ihr Bruder, umringt von einer großen Anzahl Männer und Frauen. Von allen ward Martin aufs herzlichste begrüßt. Der Pastor aber nahm ihn bei der Hand und sprach:

»Sieh, Martin, das ist unsere neue Schule, die wir diesen Sommer gebaut haben. Wir haben dir nichts davon geschrieben, weil wir dich damit überraschen wollten. Du siehst, sie hat zwei große Zimmer; denn wir müssen die Kinderschar in zwei Klassen teilen. Nun komm und sieh dir das Innere an, es wird dir hoffentlich gefallen.«

Er öffnete eine Tür im Hausflur, da begann ein lieblicher Gesang von vielen Kinderstimmen; denn im Zimmer waren alle Kinder in festlicher Kleidung versammelt. Als sie geendet hatten, fuhr der Pastor fort:

»Zu der neuen Schule müssen wir auch einen neuen Lehrer haben, und der sollst du sein, mein lieber Martin.«

Darauf legte er ihm mit wenigen Worten die Pflichten seines Amtes ans Herz und ermahnte die Kinder, dem neuen Lehrer durch Fleiß und Gehorsam Freude zu machen.

Martin war so bewegt, daß er lange kein Wort hervorbringen konnte; doch ermannte er sich endlich, dankte der Gemeinde in herzlichen Worten für ihr Vertrauen und versprach, sein neues Amt mit Gottes Hilfe treu und eifrig zu führen. Tante Marie öffnete dann die gegenüberliegende Tür und zeigte ihm das zweite Zimmer, das mit kleinen Tischen und Bänken ausgestattet war.

»Hier werde ich dir in die Hände arbeiten, mein lieber Martin«, sagte sie. »Ich werde die Kleinen unterrichten; denn für die Großen reicht meine Weisheit jetzt nicht mehr aus, das fühle ich schon lange. Werden wir uns auch gut vertragen?« fügte sie lächelnd hinzu, um ihre Bewegung zu verbergen.

Nun trat man ins Freie, wo sich die Kinder bereits in überströmender Lustigkeit tummelten. Da kam Lenchen, die man die ganze Zeit über nicht gesehen hatte, auf den Bruder zu und sagte:

»Willst du nicht unser Häuschen ansehen, lieber Martin?«

»Unser Häuschen?« fragte dieser verwundert.

»Ei«, sagte Herr Braun, »du meinst wohl, du kannst bei der Mutter bleiben? Damit ist's jetzt aus, der Lehrer muß bei seiner Schule wohnen. Darum haben wir das alte Blockhaus ein bißchen für dich hergerichtet, und Lenchen soll bei dir bleiben und dir das Essen kochen.«

»Und ich wohn' im Winter auch bei dir«, rief der kleine Richard, an dem Bruder emporspringend, »damit ich in die Schule gehen kann. Dann ist Lene meine Mama. Komm nur und sieh, wie schön dein Haus ist! Es ist auch ein Klavier drin und ein Bücherschrank und ...«

»Willst du wohl still sein, du kleiner Schwätzer!« sagte Lenchen. »Du verrätst ja alles vorher.«

Ja, da stand das liebe alte Schulhäuschen, aber sauber mit

Brettern umkleidet und weiß angestrichen. Das große Zimmer war in zwei kleinere abgeteilt, eins für Martin und eins für Lenchen, und nach hinten war die niedlichste kleine Küche angebaut, die man sich nur denken konnte. Das neue Blechgeschirr glänzte wie Silber, und in dem blanken Kochofen brannte zum erstenmal ein lustiges Feuer, über dem ein großer Kessel brauste und zischte. Lenchen klatschte vor Stolz und Freude in die Hände, und Martin mußte alles gebührend bewundern, ehe er sein eigenes Zimmer näher betrachten durfte.

War das denn wirklich alles sein Eigentum? Er konnte es kaum glauben. Da war in der Ecke ein schönes Bett hinter grünen Vorhängen verborgen, ein Bücherschrank, ein kleiner Schreibtisch am Fenster. Und wirklich: da war das Klavier, das lange unbenutzt in Brauns bestem Zimmer gestanden hatte. Er konnte nicht widerstehen, öffnete es und begann zu spielen. Nach kurzer Einleitung ging er zu der Melodie über: »Nun danket alle Gott mit Herzen, Mund und Händen.« Alle stimmten fröhlich ein, und so wurde das neue Lehrerhäuschen eingeweiht. Martin konnte sich gar nicht von seinen Schätzen trennen und betrachtete sie immer von neuem mit kindlicher Freude. Man ließ ihn gewähren. Nur Brauns blieben bei ihm im Zimmer und zeigten ihm im Schreibtisch allerlei Andenken von seinem Freund Georg, ein zierliches Tintenfaß, eine Schreibmappe, ein schönes Taschenmesser und dergleichen.

»Ich habe das alles aufbewahrt«, sagte Frau Braun, »und viele Tränen darüber vergossen. Nun aber sollst du es gebrauchen, denn du bist uns lieb und wert wie ein eigener Sohn.«

Martin aber bückte sich zur Erde nieder und hob einen kleinen Teppich auf, der unter dem Schreibtisch lag. Es war ein graues Wolfsfell mit zierlich gestickter bunter Kante. Er betrachtete es lange, und als er es an seinen Ort zurücklegte, war es naß von Tränen. Da erschien Lenchens blonder Kopf am offenen Fenster, und sie fragte, ob der Herr Lehrer wohl herauskommen wolle und den Kindern die Kuchen austeilen; sie würden sonst ungeduldig. Hand in Hand gingen die Geschwister nach dem Festplatz zurück.

»Aber Lenchen«, sprach Martin besorgt, »darfst du die Mutter verlassen, um mir zu helfen? Wie soll sie mit aller Arbeit allein fertig werden?«

»Dafür ist schon gesorgt!« erwiderte die Schwester. »Annchen Gläß wird Mutters kleine Magd. Du weißt, sie sieht zart und fein aus wie eine kleine Prinzessin, ist aber wunderbar flink und geschickt zu aller Arbeit und hängt mit zärtlicher Liebe an der Mutter.«

Auf dem grünen Rasen vor der neuen Schule war ein reges Leben. Weiße Tücher waren hier und da ausgebreitet, um die sich erwartungsvolle Gruppen lagerten. Die Farmersfrauen aber hatten ihre Körbe von den Wagen geholt und breiteten die mitgebrachten Eßwaren in einladender Weise aus, während aus Lenchens Küche große Töpfe mit dampfendem Kaffee herbeigetragen wurden. Die Kinder umstanden neugierig Lenchens geheimnisvollen Korb. Und als Martin ihn öffnete und den süßen Inhalt mit freundlichen Worten unter sie verteilte, stieg der neue Lehrer noch bedeutend in der Gunst der kleinen eßlustigen Gesellschaft. Noch lange war man fröhlich beisammen, bis die untergehende Sonne zur Heimkehr mahnte.

Mit glückstrahlenden Augen sah der junge Lehrer den Abfahrenden nach und gelobte sich im stillen, sein Amt mit größter Treue und unermüdlichem Eifer zu verwalten.

Und mit Gottes Hilfe ist es ihm gelungen. In den langen

Jahren seiner Arbeit an der kleinen Schule gingen viele brave Knaben und viele fromme, sittsame Mädchen daraus hervor, so daß das Ansehen und der Wohlstand der kleinen Ansiedlung immer mehr zunahmen. –

Mehrere Jahre lang blieb Lenchen des Bruders treue Haushälterin, dann folgte sie einem jungen Farmer aus dem Süden, den sie bei Hills kennengelernt hatte, als Gattin nach der sonnigen Heimat, und an ihrer Stelle waltete die freundliche Berta als Lehrersfrau in dem kleinen Häuschen.

Hans wurde ein kräftiger, fleißiger Landmann, die Stütze der Eltern und hoch geachtet in der ganzen Umgegend; denn er war unermüdlich tätig, den Landbau zu heben, den Verkehr zu erleichtern und allerlei praktische Erfindungen einzuführen.

Auf den kleinen Richard aber schien sich die Wanderlust seines Namensvetters vererbt zu haben. Er war ein sehr lebhafter, begabter Knabe, aber sein feuriger Geist fühlte sich bald beengt in den stillen, friedlichen Verhältnissen, und so zog er mit seinem Freund Paul Miller in die Ferne, um in dem Goldland Kalifornien sein Glück zu suchen.

Ihnen gelang es besser als Ernst und seinem Richard. Sie bestanden viele Gefahren, kämpften mit Indianern, wurden von falschen Freunden beraubt, litten Hunger und Durst auf mühseligen Wanderungen, aber endlich erwarben sie ein fruchtbares Stück Land und gründeten sich eine blühende Heimat im fernen Westen.

In der Reihe H (»Heimatlicht«) in der Edition C sind erschienen:

Helene Hübener, REICH IN GOTT
Edition C, Nr. H 1, 248 Seiten

Helene Hübener, MARIA UND LISA
Edition C, Nr. H 2, 256 Seiten

Helene Hübener, VERSCHLUNGENE WEGE
Edition C, Nr. H 3, 224 Seiten

Helene Hübener, ES MUSS DOCH FRÜHLING WERDEN
Edition C, Nr. H 4, 336 Seiten

Helene Hübener, DREI FREUNDINNEN
Edition C, Nr. H 5, 160 Seiten

Helene Hübener, UNTER EINEM DACH
Edition C, Nr. H 6, 224 Seiten

Helene Hübener, AUS DEM LEBEN EINER WAISE
Edition C, Nr. H 7, 248 Seiten

Helene Hübener, IM ROSENHAUS
Edition C, Nr. H 8, 208 Seiten

Charlotte Woerner, VRENELIS GOLDENES HÄMMERLEIN
Edition C, Nr. H 9, 136 Seiten

Charlotte Woerner, GEISSEN-KASPARS GROSSES ERLEBNIS
Edition C, Nr. H 10, 80 Seiten

Charlotte Woerner, GEISSEN-KASPARS NEUE HEIMAT
Edition C, Nr. H 11, 200 Seiten

Rosa Sauer, DER SCHATZ IM ACKER
Edition C, Nr. H 12, 160 Seiten

Bertha Schmidt-Eller, HAUS GUDELIUS
Edition C, Nr. H 13, 184 Seiten

Käthe Dorn, DAS WEISSE KLEID
Edition C, Nr. H 14, 64 Seiten

Margarete Lenk, DES WALDBAUERN FRIEDEL
Edition C, Nr. H 15, 120 Seiten

Kristina Roy, OHNE GOTT IN DER WELT
Edition C, Nr. H 16, 64 Seiten

Helene Hübener, GROSSMÜTTERCHEN
Edition C, Nr. H 17, 280 Seiten